插畫／笹原智映

目錄

花妖愛娜溫的獨白

女學生偵探系列三

てにをは 著
笹原智映 繪

輕文學
Light Literature

推理作家在夜晚奔跑
女學生偵探系列三

第一章　我是在調查品性

——櫻花不是在春天盛開，而是在春天凋零。

老師這麼說過。

雖然我稱呼他為老師，但他並不是學校的教師，不是醫生、也不是所謂用以稱呼政治家的「老師」。

而是作家的「老師」。

前面的那一句話，就是出自於推理小說家——久堂蓮真。

接著他又這麼說了。

——櫻樹點綴在春季的那抹淺淡花瓣，是櫻樹所作的夢境，是夢境現身於現世之中。當名為夢境的花朵凋落，櫻樹甦醒過來之時，時節便進入了夏季。櫻樹在春季陷入沉眠，因此完全沒有見過名為「春季」的季節，而往後的日子直至遙遠未來，櫻樹也會持續夢見春季。

現在是賞花季呢！我興奮地鼓譟著，老師卻對我灌輸了這番話。彼時學期末的結業典禮已經結束，我前往老師居住的儉樸西式洋房。

這個時節，大家都享受著賞花活動，整座城鎮熱鬧起來，唯有當事者櫻樹無法參與盛宴，始終沉睡著。

櫻樹明明距離最近，卻無法碰觸到春天——

老師所說的悲戚故事，讓我頓時垂頭喪氣起來，心情就有如我第一次知道在許多動物裡，唯有貓無法加入生肖行列時一般難受。

這時，老師從我的頭頂上方遠遠俯視著我，面上浮現出一種摻雜欽佩、嘲弄的微妙表情。

「原來如此，當人類的喜悅、興奮受到悲傷所支配時，臉上會出現這種表情的變化啊！就把這當作以後描寫人物的題材吧！」

他一邊這麼說，一邊在筆記本上揮動著筆。

「啊！老師你現在是把我當成實驗品吧？是人類觀察對吧？」

「笨蛋！這是動物觀察。」

「笨蛋是你才對！」

我們扭打著吵了好一陣子。

「雲雀的喜怒哀樂，就像幼稚園小朋友畫的肖像畫一樣好懂，真好！實在太適合拿來寫娛樂小說了。」

久堂老師是個普普通通、不那麼暢銷的推理作家。

我也不知道老師的書實際上賣得有多不好——應該說賣得有多好才對，因為不管怎麼問，他都不肯告訴我。不過就算在書店看到老師的作品堆疊在陳列平臺上，也從來沒看過上面掛過「近日暢銷作品！」的宣傳牌。我想，大概就是賣得這麼不好吧？

說到底，反正那種內容即使擺在平臺上，大部分的讀者八成也不會拿起來翻閱。縱使有人拿了起來，只要看了開頭幾頁，大概也會因為其中萬分變態的內容而打消購買的想法吧！

沒錯，老師撰寫的無一不是荒誕的內容，非常極端、非常過火。

我認為就是因為他盡寫一些普通人難以理解的奇怪小說，所以作品才賣得不好。

順帶一提，他近期的新作《迦陵頻伽連續殺人事件》乃是一部史無前例的小說；只要翻過頁，必定會有角色死亡，到了尾聲就有將近五百人犧牲。

而老師在那部作品的後記這麼寫道：

阻止這場連續殺人的方法，就是讀者停下那不斷翻頁的手。

講這句話就完蛋了吧！

我讀完這本小說後，張開的嘴一直到傍晚都閉不起來，結果老師竟然趁機往我嘴裡丟了一隻毛蟲——這個深仇我可還沒忘記。

先別提這個了！總之久堂老師應該不是為了賺錢才寫書的。

下面是我個人的想法：老師的目的，僅僅是把自己腦海深處所生根發芽的異形之花編成文字，名氣、金錢或許只是他第二、第三順位。

「無論貓吐出了多少毛團，也和我的人生沒有半點關係，所以完全無所謂。名氣、獎賞這些東西就和毛團一樣。」

這也是老師以前所說過的話。

老師這個人會不擇手段，只求將自己構想所描繪出來的作品成形；他不明白什麼叫做適可而止，只要認為對寫作有用，就什麼都願意去做。

在講述櫻花的時候，他能夠很平靜地故意讓我好一陣失落，又將我的反應仔細地透過文字或圖像加以記錄。

一般來說，他是一個很差勁的人，不……說他很差勁還不夠，或許程度還要更往下降，甚至到了必須要挖地洞的等級。

即使如此，我還是喜歡老師所寫的故事。

＊

淺粉色的花瓣乘著風，掠過了我的睫毛。

我的眼神一時不禁追著那片花瓣，才又趕緊挪回視線。

神田神保町的路上穿梭著許許多多的行人。時間已經過了正午，大家似乎都非常忙碌。

靖國大街的南邊幢幢舊書店連綿不斷，書店店頭紛紛擺放販賣著大量有著明顯髒污的便宜文庫小說。

書店店員將高價又值得蒐藏的書全放在店裡深處。對紙本書來說，濕氣乃是大敵，日光更是麻煩的傢伙。

春風拂過街道，書香竄過了我的鼻尖。

挾著道路的對街有一家咖啡館，裡面正坐著一位我很熟悉的人。

從剛剛開始，我就一直藏身在電線桿之後監視著那個人。

不可以被發現，一切都必須順利進行！

嚥下口水，我的手心沁著汗。

「雲雀！」
「呀！」
突然有人從背後叫了我，我驚慌地回過頭，就看到一位有著小小鳳眼的可愛妹妹頭女生站在眼前。
「幹嘛大叫呀？」
她是我的同班同學——犬飼桃花。
「小桃！妳突然叫我，害我嚇到了啦！」
「才不是突然呢！我已經叫了妳三次了。」
「啊？是這樣嗎？」
完全沒聽到啊。
桃花身上穿著一件帶有淺淺春色的外套，下半身是水藍色的裙子，雙手扠在腰際，正緊緊盯著我不放。
「所以妳到底在這個地方做什麼？」
「沒什麼啊！」
「妳回答得可真快呢！分明就是太專心在某件事上，甚至沒有注意到朋友的聲音……而且還偷偷躲在電線桿的後面。如果這都叫『沒什麼』，那對妳來說大部分的事情都沒什麼吧！」

「哎唷~我只是稍微觀察一下電線桿嘛！小桃，妳也看看，無論顏色還是光澤，這個電線桿一定是個很有歷史的作品呢！或許是奈良時代後期製造出來的……」

「哦？電線桿這東西從奈良時代就有了嗎？這真是歷史性的發現呢！」

「對、對啊！電線桿原本是當權者的墳墓哦！」

「這樣的話，妳又要怎麼解釋妳現在穿著的衣服？」

桃花這樣說道，然後直直地指向我。我的視線落在自己的衣服上，然後心下明白這已經無法順利搪塞過去了。

今天的我穿著白色的襯衫、深藍色的及膝褲，頭上還戴著一頂大大的鴨舌帽，藏起了自己的辮子。

「在我看來，完全就像是喬裝成男生一樣嘛！」

「不、不是啦！這是……」

沒錯。

事實上正是如此。

我就是喬裝成一個男生。

「在那裡的不是久堂老師嗎？」

桃花又指向在咖啡館裡的老師。

「妳該不會是喬裝打扮在監視老師吧？」

「妳太大聲了啦！好痛痛痛痛……」

我忍不住想要遮住桃花的嘴巴，卻被她反扭過手。總之，我先將桃花纖細的身體推到電線桿後，這才說明情況。

「那個，我最近覺得老師怪怪的。」

「那個老師一直都很怪，而且現在是妳比較奇怪吧？」

這樣講不行啦！

「怪是怎麼樣的怪法？」

「就覺得他經常在發呆呢！一臉放空，好像心不在這裡。」

「就算是老師，也會有這樣的時候吧？」

「唯有那個老師不會發生這種事！從以前開始他就是個幾乎不會露出破綻的人呢！他就是一隻整天二十四小時都倒豎尖刺的豪豬！」

「豪豬……」

「而且他好像每天都出門不知道去哪裡！那個不愛出門的老師他耶！所以……」

「所以妳才這樣跟蹤老師吧？」

「我身為偵探，是在調查品行！」

說是跟蹤實在太不好聽了。

「這套衣服是我從戲劇社的朋友那裡借來的，怎麼樣？適合我嗎？」

「如果妳適合打扮成男生，那才是問題吧！」

我所就讀的明尾高中有戲劇社，歷史悠久、實績斐然，甚至在城市外也非常著名。既然是有名的戲劇社，當然就有著豐富的道具和服裝。戲劇社社員大部分都是女生，所以也有許多適合女生體型的男裝服飾。

現在雖然是春假，但戲劇社的社員依然在學校勤奮排演。我去找了她們，從她們那裡借了這套衣服。

「小桃才是呢，在神保町做什麼？」

桃花家經營了一家煙火老店，得沿著隅田川往淺草、向島方向再繼續走過去，所以很少看見她像今天這樣出現在神田附近。

「唔……這個嘛……這個……」

「咦？妳拿著什麼？」

仔細一看，桃花胸前抱著一個茶色的紙袋，是我也知道的某家書店紙袋。

「妳是來買書的吧！買了什麼書啊？」

平常我不會和桃花聊到書的話題。她是柔道社裡備受期望的新星，硬要分類的話，她是屬於體育派的。看到體育派的她買了書，也讓我非常雀躍。
我的朋友到底買了什麼書？身為一個愛書人、小小書蟲，很在意，非常在意！但當我將手伸向袋子時，她卻不禁流露出抗拒之意。
「欸～欸～告訴我嘛～」
「這、這沒有什麼！」
於是我與她就在道路旁形成了一個V字，從兩側互相拉扯紙袋。
沒多久袋子就無法承受壓力，發出如同悲鳴般的聲音，從中破了開來。
「啊！」
從袋子裡掉出來的，是一本給少女看的漫畫小說雜誌——《少女SUMIRE》。
這本雜誌走可愛風，形象就類似於在頭髮綁上蝴蝶結跳躍在花圃之中，這與作風強勢、腕力強大的桃花，有一段非常遙遠的距離。
我們之間頓時充斥著尷尬的氣氛。
我好一陣子沉默地望著《少女SUMIRE》的封面，接著又看向桃花的臉，只見她眼眶泛淚，面色一片赤紅。
「哇！妳臉好紅啊！」
原來少女這種生物在小鹿亂撞的時候臉可以紅成這樣？——桃花的臉就是這麼通紅。

我有種如坐針氈的感覺，也感受到自己暴露了一個少女的祕密的重大責任。

「我……我覺得很好哦！嗯！很可愛嘛！這本雜誌，我覺得很好哦～」

就像是科幻小說裡登場那種有人工智慧的機器人一樣，我說著零碎的詞彙，安慰起桃花。

「不准跟任何人說不准跟任何人說不准跟任何人說不准跟任何人說不准跟任何人說不准跟任何人說不准跟任何人說──」

桃花用著迅敏的腳步朝著我逼近，像是詛咒一樣重複說道。

「如果妳敢跟任何人講，我就掐死妳！」

「妳已經掐住我了啦！留我一條小命吧！我不會說出去的！我絕對不會跟任何人說平常很霸氣的桃花其實每個月都會偷偷地來到很遙遠的市區買可愛的少女雜誌！」

「不准說──！」

我們兩人在電線桿後面糾纏扭打起來，而往來的行人們望了過來，互相議論紛紛：「是感情糾紛嗎？」說起來，我今天還喬裝打扮成男生呢！從旁人眼光來看，完全就像是男女感情上的吵架吧！

「啊！小桃等等、等等！老師站起來了！」

越過桃花的肩膀望向咖啡館裡，就見久堂老師正好從椅子上站起身來。

「我從老師出家門就一直盯到現在，他從中午前都在這裡商談工作哦！」

而且責任編輯——矢集先生也在他旁邊。
「他要離開咖啡館了！很～好！得要好好調查！」
「不管是調查還是跟蹤都可以，既然妳知道了我的祕密，之後我們得要好好談一談喔！」
「嗚——妳冷靜一點！」
就這樣，我們開始針對久堂老師進行品行與生態調查。

*

出了店門，久堂老師與矢集先生道別，彎進岔路。我與桃花謹慎地隔著一段距離，跟在他的後頭。
冰涼的空氣駐留在腳邊，漸漸地寒冷了我們的身體。我們兩人一邊注意不要發出腳步聲，一邊輕緩地像是跳舞般走在路上。
「為什麼連我也必須陪妳一起跟蹤老師啊！」
桃花一臉回過神來的表情，喃喃自語問。
「都來到這裡了，就陪我嘛！雜誌什麼時候都可以看不是嗎？」
「不准說那件事！」

「我知道的，我知道小桃其實非常會照顧人，也非常溫柔哦！」

「這件事也不准說！」

老師咯噔咯噔的腳步聲如同時針一樣準確邁開，直直地前進——簡直就像是表現出老師這個人本身一樣。

小巷雖然不像大街上那麼熱鬧，卻也有稀稀落落的幾家舊書店。老師面上掛著常見的不悅表情，走入了其中一間。

不需要再次確認店名，那是一家我很瞭解的書店——「穀雨堂」。

「這裡是……」

桃花似乎也若有所悟。

「嗯，是枯島先生的店呢！」

舊書店「穀雨堂」悄悄地開設在神保町的小巷內，老闆枯島先生是老師的老朋友，從小說資料到興趣嗜好，為老師蒐羅他需要的所有書籍。只要是關於書的事情他什麼都懂，讓我覺得如果國立國會圖書館化作人形，應該就剛好會是枯島先生那樣吧！

枯島先生有著與老師不同意義上的另一面，或者該說是深不可測之處。

「宗達，我來了。」

老師才剛踏入店門一步，就滿是無聊打起招呼。

我與桃花蹲了下來，臉緊緊貼著玻璃門，偷看裡面的情況。一個接一個的書櫃排放至店內深處，高度高到連大人伸懶腰也完全碰觸不到頂，簡直就像是一面城牆，又或是腐朽的高塔一樣。當然這些書櫃裡，都密密麻麻地陳列著書籍。

可能是因為太陽正在頭頂的關係，書店深處很是昏暗。

「你的表情看起來完全不像是會走進舊書店的人啊！」

不知從何傳來了聲音。

「我還以為是惡鬼羅剎大駕光臨了呢。」

這是枯島先生的聲音。從我們這裡看不到他的身影，不過他應該就在店裡吧？就在那個書籍古城中的某處。

老師咚地一聲坐在旁邊的凳子上。

「老子一直都是這張臉！」

哦！他在和枯島先生兩個人講話的時候都比較不客氣呢？

「附近那家定食餐廳倒了喔！」

「就在前幾天嘛。」

「也不意外，因為很難吃啊。」

「對啊！學長在吃完之後結帳時，還用很認真的表情跟老闆說很難吃呢。」

「不管是餐廳還是書店，實體店面的生意好不好很容易看出來啊！只要不賺錢就會倒閉；只要店一倒閉，別說是看板了，甚至在某些情況下建築物本身也會消失，非常好懂。」

「在這一點上，作家就不是這樣了呢！」

「作家只是不知道什麼時候就不再出書了啊。在旁人眼中，很難確認這只是單純中間空檔期，還是作家很想出只是出不了。不過追根究柢，作家這個職業到底該不該稱呼為生意呢？這本身就很奇怪了。」

「作家類似興趣消遣？」

「也不是這麼說，但就不是什麼正派的職業。」

「哦？學長說了**正派**嗎？」

「吵死了！」

兩人沒有任何寒暄，就直接開始了閒聊。枯島先生是老師大學時的學弟，兩人認識很久了，似乎就算省略了多餘的寒暄，話題也能夠自然地帶起來。

「對了！學長，關於那件事……」

「……啊，那件事啊！」

突然兩人的音調一變，簡直如同濃霧籠罩在山路似地。

「這次說不定有些麻煩了，在我這裡也發生了。雖然如此，也只是遠遠圍著觀察——」

「哼，你不用擔心，這點小事我一個人會想辦法，比起來……」

兩人開始壓低音量，因此後續的對話模糊聽不清楚。

發生？觀察？

到底是在說什麼呢？

「……嗯？」

這時，我突然感受到背後有一道奇怪的視線，那是一道危險的尖銳視線，而且還很熱切、很黏著。

回頭一看，卻只看到遠處的行人，並沒有可疑人物。

「怎麼了？」

桃花察覺我的異狀，望了過來。她的臉離開門時，完全貼在玻璃上的臉頰就像年糕一樣拉得長長的。

「妳笑成這樣，可是妳的臉也是黏在玻璃上呢！臉頰都變紅了哦！」

我們紛紛用手捂住自己的臉頰。因為長時間緊緊靠著玻璃之故，臉頰就像是冰菓子一樣非常冰涼。

日光透過大樓的間隙如梯子般灑落街上，搔動著我的眼瞼。

「咦？你小的時候沒有想過嗎？」

「沒有想過。」

不知道什麼時候，老師他們的對話已經完全轉到其他話題，那裡也完全感受不到丁點不平靜的氣氛了。

「學長你明明是作家，卻相當缺乏想像力呢。」

「要不要我把你的眼鏡丟進豬排店的油鍋裡啊？」

「仔細凝視鏡子，另一邊或許有另一個世界哦！這不是大家都曾經幻想過的事情嗎？」

「到此都還好，畢竟就算不讀路易斯．凱洛的《愛麗斯鏡中奇遇》，大家也都妄想過鏡中世界啊！問題在於你所主張的那個理論啦！」

「沒錯！鏡子另一端所發展的世界與我們一樣，只是左右顛倒，而且我們卻絕對無法進入其中。」

他們突然聊起奇妙話題，吸引了我與桃花的注意，我們再次將單耳及臉頰附上玻璃。

「舉例來說，若要將手伸入鏡子另一頭的世界，那麼鏡中的自己當然也會伸出手來吧？當手指觸碰到鏡子表面時，另一頭的自己也會將手指壓過來，而且還是**在完全一樣的地方，用完全相同的力道**。」

枯島的說明傳入耳邊，我與桃花再次對望一眼。

試著把手指按壓在眼前的玻璃上，就見反射照映在玻璃上的我，也從另一頭將自己的指尖壓了回來。

「怎麼樣？無論怎麼做都會被另一側阻止吧？」

「唔……」

「不管怎麼欺騙另一側都沒用，因為對方就是你自己，所以絕對無法欺瞞過去。所以雖然有鏡中世界，但我們絕對沒辦法進去裡面。」

原來如此！原來是這樣啊！我忍不住露出笑容，桃花卻面帶不滿。

所以他是想要表達什麼？她的雙眼如此說著。

「都老大不小了還爭論這種事。」

「小桃自己不是也忍不住把手指戳到玻璃上確認了嗎？」

「我才沒有呢！」

她明明就做了，還斬釘截鐵地否定。

不過，這確實不像是大人間的對話，簡直就是小男生之間的閒聊一樣。

「我小時候一直想著這種事呢。」

「現在也是吧？從第一次見面那時，你就是個常常作白日夢的怪人，完全沒有變呢！」

「這句話就反射在鏡子上，原封不動地還給學長吧！」

「哼！不過如果有毅力地嘗試進入，說不定哪一天就可以搶先鏡中看守的另一個自己一步，前往另一個國度了呢！」

「如果可以過去，真想看看對面的書啊！」

「那也只有文字是左右相反吧？」

「是嗎？這樣的話，只要把那些文字拿去照鏡子，就會很好懂了呢。」

「這種行為有意義嗎？」

確實如此，乾脆讀原本世界的書不就好了。

「不過無論怎麼樣，都得要小心空洞巨龍（JABBERWOCKY）啊！」

「空洞巨龍……那是《愛麗絲鏡中奇遇》作品中那首詩裡登場的生物吧？確實是不想被牠那下顎和鉤爪撕裂開來啊！小心、小心！不過在現實世界裡也得要多加注意呢！」

之後他們又再聊了一陣子，沒多久，老師似乎是生氣了，說了句：「我要走了！」便從「穀雨堂」中走了出來。

「學長真的是一直都來匆匆、去匆匆呢！」

枯島先生無奈地說。

結果，老師也沒有要到「穀雨堂」辦什麼事，似乎就只是路過而已。

我們先撤離舊書店藏起身，才又追著再次邁出步伐的老師身後而去。

＊

老師左曲右拐地走在如同爬格子一樣的道路上。

「啊，是流浪狗！正在瞪著老師。」

「老師也瞪回去了！」

「啊！流浪狗自己逃走了……」

就這樣，我們一邊遠遠地觀察老師的情況，走在路上。

走到半途，突然一位年輕女性叫住了他，就見老師停下腳步。

「久堂老師！我從以前在書店參加過您的簽名會之後就一直是您的書迷！」

她似乎是老師的讀者，用著嘈雜興奮的語氣向老師要求握手。

見狀，離得遠遠的桃花喃喃自語道：

「雖然不太有現實感，不過那個人真的是作家啊！」

她很欽佩地說：「原來他不只是個惡劣的大人呢。」

老師微笑著與她握手，接著又在對方遞過來的筆記本上簽上名。

「老師這個人就有這樣的一面呢！越陌生的人，他越會露出溫柔的笑容回應；而越熟悉的人，就會態度草率又不留情面。」

「對啊！他對雲雀的態度確實非常過火，讓人忍不住覺得雲雀很可憐呢。」

「我不知道什麼時候跟老師提過這件事，結果他卻傲慢地笑著回我：『我是個像太陽一樣的人吧！』」

「太陽？」

桃花歪了歪頭。

「從遠處照射下來，溫暖又舒適，可是如果太過接近，就會因為灼熱而被燒得連灰都不留。」

「啊……」

她似乎很能理解。

「每天都被業火焚燒，但還是一臉若無其事地繼續接近老師……雲雀真是了不起呢！」

「別為這種事感到佩服啦！」

「啊！他又轉到大街上了。」

追在老師身後來到大街，眼前已經是神田的郊區，看來我們已經走了好一段路了。附近有一家小小的鯛魚燒店，看了看掛在店家牆上的時鐘，指針指著下午三點。

「嗯？奇怪？」

有一個女生正在那家店買鯛魚燒。她有一頭又長又美麗的黑髮，如同傳統工藝品一樣漂亮地傾洩而下，她的肩膀、背脊與腰線也呈現出女人味的輪廓。

看到她的側面，我大吃一驚。

「小柚？」

那是我的同班同學兼好朋友——溝呂木柚方。

只見她咬著熱騰騰的鯛魚燒回過頭來。

「哇？」

即使是這種情況，柚方依然很美。

「難得的休假日，所以我就想著今天可以慢慢地逛一下神田……」

我問柚方為什麼會出現在這裡，她難為情地掩住嘴，一邊吞下鯛魚燒一邊回答我。

「但是小柚妳在春假期間不是要回鄉下老家嗎？」

「雖然說要回家，不過原本就預計只回去幾天啦！而且明天開始還有社團活動呢！」

柚方住在明尾高中的宿舍裡，是弓道社的社員。

「我還打算之後去『月舟』看一看呢！」

我家位於神田神保町，父親利用自宅一部分經營了一家咖啡館，叫做「月舟」。我身為獨生女，當然經常在那裡幫忙。

「對了小雀，妳怎麼穿成這樣？變裝？」

看到我一身男孩裝扮，柚方興奮地高聲問。

「不……這是……」

「平常綁著的辮子就在那頂帽子裡嗎？藏起來了吧！」

「為什麼妳要這麼高興啦！」

她看到我的那一瞬間似乎就立刻認出我來了，看來我的喬裝沒有我所想的那麼成功。

「雲雀！可不是悠閒的時候啊！老師要走了哦！」

桃花晃了晃我的肩。

「糟糕，要跟丟了！小柚抱歉啊！現在正好在跟蹤別人，之後再聊！」

匆忙向柚方道歉後我正想奔跑，就聽到柚方高高「咦！」了一聲，發出了不像她的聲音。

「只有兩個人做這麼開心的事，真狡猾！我也想要跟蹤人啊！嗚哇哇——！」

「小柚哭了！」

我一直以為很冷靜又很乖巧的小柚她竟然哭了！

她滿臉都是漂亮女孩不可以出現的悽慘哭相。

「仔細看啊雲雀！是假哭啦！」

結果，柚方也跟著我們一起來了。

三人一個接著一個結伴穿越大馬路。

「我買了三個哦！分給妳們。」

一邊吃著柚方給的鯛魚燒，我們一邊監視著老師。

「那個老師每天都出門？這是那麼奇怪的事情嗎？」

柚方咬著鯛魚燒的尾巴，提出了一個很平凡的疑惑。

「很奇怪啊！不需要談工作的日子一整天都會窩在西式洋房裡寫稿子、啃咖啡豆、對著熊標本發飆的那個老師他——每天都頻繁地外出，絕對有蹊蹺！」

「又一次聽妳這麼說，久堂老師真的是個怪人呢……」

桃花則啃著鯛魚燒的頭，很是厭煩地說道。

我們沒有立刻察覺，不過老師似乎是朝著上野前進。

天空非常晴朗，吹起舒適又若隱若現的風，這是一個不知為何很是歡鬧的春天城區。

胸前抱著《少女SUMIRE》的嬌小少女、仍飄散著熱氣蒸騰鯛魚燒甜香的美麗少女，以及喬裝成少年的我，悄悄地跟在老師的身後。

老師屢次停在書店前，看看店裡的書架，結果什麼都不買再次走了出去，又彷彿臨時起意似地每每突然轉入小巷，讓在後頭追趕的我們疲於奔命。

沒多久，天空轉為昏暗，將來來往往人們的影子拉得又細又長。

「喂，已經夠了吧？我們看起來就只是像是單純在消遣散步啊。」

桃花不知道是走累了還是膩了，只見她迎面照著夕陽，如此提起。

「老師一定是稿子寫不出來吧！然後逃避現實，才在這裡徘徊的。」

簡直把他當成可悲的老人家……

「可是……」

「哎呀！老師進了那家店耶！」

就在我猶豫著要不要放棄時，柚方拍了拍我們的肩膀，提醒道。

「反正又是走進書店吧！」

桃花聳了聳肩，不過柚方卻搖搖頭，做出嗅聞香氣的動作。

「這次好像不是哦！妳聞，有好香的味道。」

望向那家店的招牌後我立刻領悟，那是一家花店。

「老師……去花店……？」

想都沒想過的詭異搭配，讓我大感不解。

「好不適合……」

我們在離花店有些距離的地方等候著，就看到老師抱著一束大大的花束走了出來。

「是花！」

我忍不住驚叫出聲，又趕緊摀住嘴巴。我沒看錯，老師真的買了花！

「但買花是為了什麼……」

「是要送給誰吧？一般來說。」

自有記憶以來我就與老師認識了，所以我們的交情很深厚。

他開始造訪「月舟」那時還是新人作家，甚至也還沒從大學畢業，一直都坐在窗邊的位置，煩惱著小說的構想。現在已經記不太清楚了，不過據說那時年幼的我都坐在老師腿上，纏著老師念繪本，讓他很困擾。

老師總是擺出獨特的臭臉，像是喝了什麼苦味飲料一樣瞪著我，一邊批評一邊還是念繪本給我聽。

「這樣好無聊，如果那樣才有趣！」他總是說著，然後用鋼筆在我喜歡的繪本上動筆，擅自更動劇情，所以我們老是吵架。現在回想起來，與小他十五歲的小朋友認真吵架的老師又是怎麼回事啊？

總之我們發生了很多事，有許許多多好壞勿論的回憶，可是過去卻從未遇過今天這樣的場面，例如老師為了某個人買花之類的……

我彷彿是被夕陽遺留下來的人影般，愣愣地佇立原地，目送著離去的老師。

「買了花，接著又不知道朝著哪裡走了，老師是不是要去約會呢？」

「約、約會？和誰？」

桃花直率的說法，讓我感到自己受到衝擊。

「我不知道啊！」

「哇啊……」

「不過小雀，妳這種誇張的踉蹌，還真是像是舞台劇女演員一樣呢。」

柚方對一個詭異之處大感敬佩。

「小雀，怎麼辦？還要跟嗎？」

「不要吧！再跟下去就太不解風情了啦！」

柚方和桃花從兩側朝著我的臉望了過來。

我咬著唇，做出決定。

第二章　首先先點餐吧

太陽如嬰兒閉上雙眼似地無聲沉了下去，緊接而來的是色調濃豔的滿月在夜空中坦腹。

我們壓低身子，坐在某間西餐館的椅子上，老師則坐在離我們不遠的位置，將花束放在旁邊的座位上。

桃花說：

「結果，還是繼續跟蹤了呢。」

「又還不確定一定是約會！」

我小聲地提出異議，避免老師察覺，一邊又喝了送過來的水，接著一個人噎到。

「歡迎光臨，請問要點餐了嗎？」

服務生帶著淺淺的微笑，我們趕緊打開菜單。

「啊！好貴！」

我忍不住驚呼。對仍是學生的我們來說，眼前的菜色全都是高價料理。

「怎麼辦……」

「問我怎麼辦……我買了東西，已經荷包空空了……」

桃花把《少女ＳＵＭＩＲＥ》藏在身後，有些扭捏。

「三個人一起吃一份炸蝦吧！」

柚方白了慌慌張張的我們一眼，微笑著點了炸蝦——所以我們三人得要共吃一尾蝦。

老師喝著咖啡，靜靜地等待著某個人。

到底是在等誰呢？

又是用什麼樣的心情買了那束花——

「欸，小桃，妳從剛剛一直拿著的那是什麼？」

「我什麼都沒拿。」

「不是拿著嗎？那個紙袋，是什麼？」

「這是……在這裡不太合適，而且和柚方沒有關係。」

「是不能讓人看到的東西嗎？」

「沒錯！」

「只有一下下沒有關係嘛！好嗎？拜託！」

「既然妳都說成這樣了……好吧，不能告訴別人哦！」

「嗯！」

「這裡面放了小鳥的骨頭。」

「什麼！」

「是一副讓人心疼的悲傷骸骨……」

「這、這的確在餐廳沒辦法拿出來呢……抱歉，我問了很不合時宜的問題……」

「沒、沒關係的！妳如果能夠體諒……」

旁邊桃花與柚方徐徐展開的對話，害我的思緒完全凝聚不起來。

一來一往之下，入口的鈴鐺突然清脆地響了起來，接著服務生便招呼著歡迎光臨。走進來的是一位女性，她穿過我們的身後，朝著老師走了過去。同時，老師也從位置上站起身來。

她走近老師身邊，摘下了很有氣質的白色帽子——那是一位氣質凜然的女性。

「啊，抱歉、抱歉！你等很久了嗎？」

她用著如夏草般堅韌又美麗的聲音如此說道，然後坐了下來。

第一印象看起來，她與老師大概是同一世代的人，但就言談舉止以及對久堂老師的態度上來說，可以察覺到這位女性似乎比老師大上幾歲。

老師隨著她坐了下來，說：「我等很久了。」

「還真老實呢！不過以前都是你遲到，這次竟然先到還等我，久堂也長大了嘛！」

「葦切小姐妳剪頭髮了啊。」
「像以前一樣叫我丙就好了啦！」
「我以前有那樣叫過妳嗎？」
「你剛剛說什麼？頭髮？嗯！大膽地剪短了，明明都留那麼長了呢……」
葦切丙——這似乎就是那位女性的名字。她輕輕地左右晃了晃頭，搖動起她的短髮，那小小的耳環也跟著晃動起來。
「妳以前會戴耳環？」
「當然不會，不過今天卻戴了，你懂我的意思吧？」
「先點餐吧！」
「什麼嘛～」
就兩人的對談聽起來，葦切小姐似乎是老師的一位前輩。
我輕輕地坐在椅子上，垂下了頭。
真的是約會。
而且對方還是出類拔萃的成熟美女，似乎是舊識了。
「啊！糟糕了小桃！小雀不知道什麼時候變成乾癟的高麗菜了！」
「雲雀，不可以乾癟下去啊！所以我不是說了是約會嗎？老師好歹也是一位成熟的……先別管成不成熟了，好歹是個大人，就算出來幽會也不是什麼不可思議的事情嘛！」

「唔……」

我的心情難以言喻，把下巴靠到桌子上，但耳朵卻依然傾聽著老師那一桌的對話。

「對了，久堂，那束花你什麼時候要送給我啊？」

「啊！我完全忘了。」

「騙人，你剛剛還一直偷瞄，一臉猶豫不知道該什麼時候送。」

葦切小姐咯咯一笑。她的笑容天真又充滿魅力，彷彿是知道了世界上寶物的所在之處般；相對地，老師則一臉失落將花送給了她，然後喝起咖啡。

「算是……慶祝重逢。」

「你看起來簡直就像是母親節時難掩害羞送媽媽路邊小花的小男生一樣。」

她如此評論她眼前的老師。

「謝謝，我很開心。」

然後那緊緊抱住花束的這個動作，就彷彿少女似地。

老師用一種特別嚴肅的表情望著早已經冷掉的咖啡杯，一邊說：

「妳從出版社辭職已經十年了呢。」

「然後久堂你出道成為作家也過了十年。」

「收到妳的信我嚇了一跳，妳現在住在美國啊？」
「嗯，兩年前開始。現在我在紐約的出版社工作哦，像是電影劇情對吧？」
「那邊的生活怎麼樣？文化上的差異有讓妳吃什麼苦頭嗎？」
「沒有，雖然說是美國，但卻沒有我想像中差得那麼多呢。戰爭結束後我們在日本所見的美國以及美國文化，本來就像是電影中的英雄一樣是被誇大的情景嘛！人類不管站在哪塊土地上，都還是人類哦。」
老師又瞅著杯子，簡直就像是杯底寫著某種重要訊息一樣，目不轉睛地盯著不放。
我這才察覺到。
老師是不想眼神與她對上才這麼做的。
他避開了葦切小姐的視線。
「那個女人該不會是久堂老師以前的責任編輯吧？」
「果然是這樣？小柚也這麼認為嗎？」
我將上半身整個靠上桌子，像毛毛蟲一樣蠕動身體。
「與其說是約會，他反而像是與以前關照過自己的人，吃一頓好久不見的重逢飯。」
各方面來說都很遲鈍的我，從他們的談話內容也掌握到了大致情形。葦切小姐一定是久堂老師剛出道時的責任編輯，然後現在遠渡重洋到了美國生活。

「雲雀，妳說妳和老師認識這麼久了，不記得那個編輯小姐嗎？」

桃花問我，我又再次仔細地凝視葦切小姐，但無論如何都沒有印象。

從他們的對話聽來，葦切小姐與久堂老師合作至少也是十年前的事情了，這樣算起來當時的我也才六、七歲。

「……想不起來。」

不過和老師之間的無聊小事我倒是記得蠻清楚的。

葦切小姐唇上塗著誘人的紅色唇膏，似乎也展露出她的活潑與行動力。

「好久不見。」老師如此道，彷彿昭示著他接下來終於要進入正經話題了。

「好幾年都沒聯絡，抱歉呢！這次因為工作所以回來日本一趟，結果回想起好多事，覺得好懷念，忍不住就寫了信給你。對了、對了！我在這裡的書店有看到久堂的書哦！」

「敝人的書？」

「說什麼敝人啊！」

「敝人就是我啊，就是我這位久堂蓮真。」

「以前你不會那麼客氣呢，果然長大了啊！」

「怎麼一臉遺憾啊？無論過了多久，葦切小姐都還是像個小孩一樣呢。」

「就『老樣子』這個層面來說，只有你寫的小說還是和那時候沒兩樣，直率又耀眼，是其他人寫不出來的作品啊！不過……大部分的人以前都沒有看過類似的東西，所以大多不會想嘗試看看。明明只要咬上一口，就會對那個味道上癮了呢……」

嗯、嗯！我坐在自己的位子上連連點頭。雖然非常不甘心，不過那個女人非常瞭解老師的作品。

或許她也對老師的事情瞭如指掌吧？

老師沒有多聊自己的作品，只是慢慢地享用起送上桌的料理。

「這是您的炸蝦。」

不知不覺間，炸蝦也送到了我們餐桌上。

「來分成三等分吧！我可以吃尾巴的部分嗎？」

柚方單手拿著餐刀笑著問，總之她就是喜歡尾巴部分。

「這是什麼狀況啊……」

桃花露出了疲倦的神色。

三個女生湊在一起分食一隻炸蝦確實有種奇怪的感覺，而如果這個情況發生在跟蹤他人的過程裡，就又更超現實了。

「老師也是有年輕的時候嘛，這也是理所當然的啊！」

柚方單手拄著臉頰，喀嚓喀嚓地邊咬著蝦尾邊說。

「老師是因為要和很瞭解過去自己的人見面，所以這陣子才老是恍神的嗎？」

「說不定實際上他們兩個人的關係並不只是單純的作家和編輯呢！」

「不不不不會吧！小桃妳看太多少女漫畫了啦！」

「妳說了什麼嗎雲雀，我可從來不看那種東西呢。」

「咦？少女漫畫是怎麼回事？」

「小柚不知道也無所謂啦！來，快為了可憐的小鳥骨骸祈禱吧。」

「嗯！我會祈禱的。」

我以為我非常瞭解老師，但我錯了，我所知道的只是有記憶之後的老師，我完全不瞭解在我有記憶以前的老師。

我的心情簡直如同翻開了百年前的書籍，而老師這個人，則像是傳說故事裡的登場人物。我知道的老師與我不知道的老師，無法在腦海之中聯繫起來。

這種如同隔閡般的東西會在之後消弭而逝嗎？又或是隨著時間經過，毫無縫隙地滑順連接在一起呢？

對面的餐桌上，葦切小姐將左手伸了出來。

「你看，我的無名指。」

「很漂亮的手指。」

「不是啦！你看，我沒有戴戒指吧？」
「妳還未婚？」
「我是故意摘掉的啦，你懂我的意思吧？」
「為了在揍我的時候不要弄傷重要的戒指？」
「唉——唉……」
老師迴避開來，讓葦切小姐打從心底遺憾地嘆了口氣。
見狀，老師微微皺著眉頭笑了，然後學著她的模樣：
「唉——唉……」
咖啡的香氣，終於傳遞到了我的鼻尖。

*

從西餐館出來，便聞到了夜晚的味道。
「抱歉，小雀！我們差不多得回家了。」
「對啊，老師的品行調查得差不多了，雲雀也滿足了吧？」
柚方和桃花說，然後揮了揮手，朝著車站的位置離去了。

「說好了，這個給妳，雜誌的事情要幫我保密，保密妳知道吧？意思就是死也不能說出去哦！」

離去之際，桃花在我耳邊低聲說道。我一邊在心中反芻，好一陣子佇立原地。先離開餐館的老師和葦切小姐則結伴邁開了步伐。

該追上去嗎？還是直接回家？我發自內心苦惱著。

猶豫之時，兩人穿過馬路，漸漸走入夜色之中。

車輛在我與他們之間穿梭，就像是被劃下了大人與小孩的界線。

很不甘心！待我回過神來，我已經邁開步伐跑了起來。

這也是偵探的工作！我對著自己這樣說，然後追著兩人的身後而去。

*

「小鬼模仿偵探也給我差不多一點，別攪進麻煩事裡！不然一攪進去，說不定就會看到不想看到的事情哦！」

「但是謎題就在眼前，我會想要解開啊！這種衝動真的讓人心旌搖曳嘛。」

「心旌搖曳這種才剛記住的字眼等妳長高之後再用啦！那妳是想說什麼？是妳的本能促使妳

這麼做的？還是要說妳身體裡融入了偵探的基因？」

「雖然不是這樣……」

「不過算了！既然這樣我就只好緊盯朝向謎題飛奔的妳了——一邊喝著咖啡。」

「咦咦？你不幫我嗎？」

「嗯，妳去吧！」

我突然想起以前和老師之間的一段對話，困惑起來。

那是我還是小學生時的事情。

遇見奇妙事件和難解謎團時，我的腦子就在不知不覺間運作起來，想要解決它。

如此讓人困擾的癖好，連我自己都不知道這到底是本能還是習性。不過，確實就是因為這樣，才使得我從過去就經常捲入各式各樣的事件之中。

本來一半就是自己湊上去找牽連的，所以算是自作自受吧？

回想起來，像這樣跟在老師的後面，或許也是因為這種本能或習性的關係吧！

久堂蓮真這個謎團就在眼前，我忍不住想要將它解開、想要去瞭解它。

可是望著眼前兩人看著上野夜櫻邁步前進，我的心裡也毫無原因地開始覺得自己的行為好像很不道德。

一盞一盞亮起的街燈照著兩位大人，延伸在地面的影子交錯在一起。我只能不遠不近地跟在他們身後。

櫻花正是適於欣賞的時節，和老師他們一樣邊散步邊賞花的行人不少。託此之福，我才能夠混在人群之中跟在他們身後。可是或許是因為周遭全是情侶、夫婦並肩而行，我心中莫名地感到寂寞。

老師雖然就在我眼前，但我們兩人之間卻有種類似隔閡的東西。

就算我想要走到他那一邊也會受到阻撓——如同鏡子一樣的隔閡。

「回去好了……」

我才喃喃自語，老師他們便停下了腳步。那附近有張長椅，兩人走近過去。

「顧著回憶往事走了蠻久了呢！稍微休息一下吧。」

葦切小姐率先坐了下來，老師接著坐在她的左側。

長椅的正上方延伸著壯麗的櫻樹枝，形成了一片淺粉色的屋頂。

我決定躲在長椅後的樹叢中觀察情況。

他們兩人彷彿是在來這裡的路上遺落了所有語言似地，好長一段時間都一語不發。

路人的腳步與嘻笑聲漸漸滲入這一帶。

不久，葦切小姐開口了：「久堂……」

久堂——

聲音裡充滿了神祕的響動，似乎是叩起對方的心門。

她繼續接著說了：

「你不想到美國看看嗎？」

老師一動也不動，等待著葦切小姐的下一句話。

「美國一直備受支持的冷硬派小說也慢慢進展到下一階段了……不，不是這樣，是不得不有所進展，必須要有什麼人帶起新的風潮呢！久堂，我希望你可以醞釀出這一股潮流——在美國這個國家。」

我有些用力地咬住自己的指尖，從剛剛開始，指尖就一直刺痛，始終不見好轉。

胸口的心跳如同冰涼的波瀾襲向全身。

到美國——這實在是太超出我想像了。無論是從出國手續層面還是費用層面來看，一般民眾並無法輕鬆前往美國。雖然很難說老師到底是不是一般民眾，但至少這個話題對我來說就如同玩笑話一樣，缺乏真實感。

但葦切小姐並沒有在開玩笑，她的聲音反而充滿了前所未見的真摯情緒。

「很遺憾的，你的小說在日本依然不受歡迎，長遠來看或許哪一天會受到民眾接受，可是只有這樣是不行的！我不喜歡，也沒辦法忍受！」

「我是個很任性的女人吧？」她難為情地說。

「我確實是厭倦了日本的出版業界，所以才選擇離開，不過我一直關注著你。雖然你的小說裡有一些彆扭又頑固的地方，可是我認為其中蘊含的力量，超越了國界、人種障礙，可以直接震動人心。不……也不能稱作力量……該怎麼說呢？這裡必須要選一個詞彙……我一直習慣使用太過激烈的詞……嗯……對了！是重量，重量啦！你所寫出來的東西之中有種重量，可以殘留在人心之中。」

——那是即使暴露在時代潮流的風雨下也不會腐朽的重量。葦切小姐補充道。

「你不會想要與卡爾或艾勒里·昆恩這些作家並肩，名留推理小說史嗎？」

說到這裡，老師終於動了動他寬闊的背，抬頭望向大大的月亮。如同在夜晚盛開的花朵一樣，他面向月光深深嘆了口氣。

「我……」

「而且，我想只要到了美國，一直糾纏著你的障礙也會消失。」

障礙。

葦切小姐這麼說。

我思考起她突然插入的這個詞彙。

如此自由隨性、旁若無人的老師到底有什麼障礙呢？

「妳是在指什麼呢？我並沒有感受到什麼障礙，久堂蓮真前進的方向通常都敞開著大道。」

實際上，老師也否認了葦切小姐所說的話。對此，葦切小姐浮現出困擾的笑容，拍了拍老師的肩膀。

「就像摩西那樣？別敷衍我了！不用擔心，需要的費用我來出吧，窮作家先生。」

「我並沒有擔心那種……誰？」

這時在對話中途，老師突然發出銳利的聲音，朝著黑暗厲聲問。我差一點就要驚叫出聲。

「從白天就一直跟在我身後嗎？別躲了，快出來吧！」

我跟蹤他……被發現了嗎？

老師不等回答，語調強而有力，我隨之顫抖起來。三個女生偷偷摸摸地跟在他後面，果然不是很妥當吧？

總之現在必須趕快決定是要乖乖地從樹叢出去，還是要像脫兔一樣逃走……

可是一旦被老師抓到，就算我再怎麼道歉，一定也會被他以制裁之名倒吊起來。

還是快逃吧！這是偵探性的撤退。

就在我想到這裡時，卻突然察覺到對面的樹蔭下似乎有人走了出來。

那是一位女性。時值春季，她卻穿著黑色大衣，目不轉睛地盯著老師他們。

她從大衣裡掏出某樣東西——是一把閃著黯淡光芒的刀子。

老師從長椅上站起身，瞪視著危險的闖入者。

「今天總是感受到一道詭異的視線。」

老師所說的並不是我。

經他一提，我想起白天在「穀雨堂」前所感受到的那一道銳利目光，原來除了我之外還有其他人也在跟蹤老師。

從這裡看過去，那位穿著大衣的女性臉上滿是憤怒的情緒。

「久堂……」

葦切小姐的聲音撞上了緊繃的氣氛，三兩下消逝在空氣之中。

彷彿是對她的聲音有所反應，女性發出了如同悲鳴般的尖叫，執起刀直直地朝向久堂老師跑去。

老師迅速地站到葦切小姐身前，似乎是要保護她。

「老師！」

這時，我已經從樹叢中飛奔而出。

我並沒有經過深思，回過神來已經展開行動。

「雲雀！」

老師喊了我的名字。

我沒有空回應。

站到了那個女人前面，用自己的腹部迎上了那把小刀。

刀刃刺進的觸感讓我全身一陣僵硬。

接著她鬆開小刀，我便如同折斷的花朵一樣朝著身後倒了下去。

帽子飛舞在空中，雙辮子晃動起來。

在身體撞上堅硬地面前，粗壯而溫暖的手臂接住了我。我一邊用背部感受著這股暖意，一邊閉上眼，沉入其中。

第三章　身為作家的價值

「炸蝦真好吃呢！」

「對啊！」

「咦？小桃，小鳥的骨骸呢？那個紙袋。」

「那、那個剛剛給了雲雀哦！請她幫我埋起來。」

「哦哦，我還想說分開的時候妳們在說什麼祕密呢，原來是這件事啊！」

「對呀！」

「下次可以也借給我嗎？」

「下次……妳說要借，可是……」

「所以，就是那個**小鳥的骨骸**呀！」

「柚方……妳該不會打從一開始就知道了吧……」

＊

「妳要裝死到什麼時候？我現在可以立刻就把妳扔在地上喔！」
「好、好的！雲雀還活得好好的！」
老師毫不留情地說，我立刻睜開眼，用力地坐起身。
「等一下！那個孩子沒事吧？」
葦切小姐擔心地從老師的身後問道。
「沒事，多虧了**這個**。」
我將擋在腹部的紙袋拿了出來，好讓葦切小姐看到。那個袋子已經悽慘地破爛不堪，裡面的東西跟著露了出來。
葦切小姐一邊將髮梢勾到耳後，臉一邊靠近過來辨認。
「少女雜誌……？」
——這個給妳，雜誌的事情要幫我保密。
幫桃花守住她買了可愛雜誌的祕密，作為交換，她說可以讓我先看，所以把《少女ＳＵＭＩＲＥ》借給了我。可惜現在雜誌正中央深深地刺著一把刀子，封面那位露出笑容的女孩子看來莫名地可憐——明天還得要向桃花道歉。

不過，多虧了雜誌救了我一命。我重新檢視起自己身上有沒有受傷，然後才站起身來，望向佇立在長椅前的那位女性。

她身形瘦削，臉色有點蒼白，眼鏡後那雙細長的眸子正睨視著我。

我大大叉開腿，充滿氣勢地站到她身前。

「妳這傢伙今天一整天都跟蹤老師對吧！我在神保町的街上也有感覺到妳的視線，妳是無法逃過我這雙女學生偵探雙眼的！」

從白天開始確實有感受到一道目光，當時的我沒有靠這一點有所察覺，不過現在虛張聲勢非常重要。

「突然持刀攻擊老師，妳有什麼企圖？」

「雲雀妳才是有什麼企圖呢？同樣跟蹤別人，還有立場說這種話嗎？」

沒想到老師從後方插嘴，滅了我的威風。

「老、老師你發現到了嗎？」

「妳以為我不會發現嗎？」

我打從心底大吃一驚，老師模仿我也跟著面露訝色。

「那……那是我以一名偵探的身份，在監視老師有沒有做壞事。」

「我還想有個蠻蠢的男生在那裡徘徊不去呢。」

「你說蠻蠢的是什麼意思！」

「因為很有趣，我就放著妳不管了，甚至故意彎進一些沒有目的的小路。」

「啊！原來是為了這種事才那樣做的嗎？……真是的，多虧了你，讓跟蹤行動超辛苦的！你得要多站在跟蹤的立場上思考後再前進——啊！我的眼睛！」

就在我嘀咕不滿時，他突然無預警地戳向我的雙眼。

「你怎麼可以對少女的眼睛做這種無恥的事情！」

「妳如果再繼續得寸進尺下去，接下來我就要把天婦羅的炸油倒進妳的嘴巴了。」

我完全不想去想像。

「不要和我的老師打情罵俏！」

就在我與老師如往常般鬥嘴時，穿著黑色大衣的女性狂亂地搖動著長髮大喊。

「老師！除了那邊的女人，你連這種小孩都出手了！明明就有我了，太過份了！你這個劈腿男！」

「咦？」

我忍不住愣愣出聲——她似乎有種詭異的誤會。

那位女性繼續大聲嚷嚷：

「而、而且那個孩子……不是男生嗎！太骯髒了！太下流了──！」

「妳說男生……我是女的！」

我今天確實喬裝打扮成男生，不過帽子一脫，兩根辮子就全露了出來，這樣還被當成男生，我也是非常無奈。

「妳只要看一看這對豐滿的膨脹胸部就知道了吧！」

「咦……妳是女生嗎？胸部……？」

那位女性一邊改變著眼鏡的角度，一邊觀察著我。

「……胸部……？」

她似乎沒有完全理解，怎麼害我有種挫敗感？

「是妳啊……原來是妳！」

這時，老師終於開口了，卻不知為何非常開心。

「我記得妳是我的讀者吧？」

「咦？她有這樣講嗎？」

「白天的時候她有在路上要求握手跟簽名。」

「啊！是那個時候的！」

老師露出了有些失落的表情，而聽他這樣一講我才想起來，她確實有這樣做過。

我來回望著老師和那個女性。

「是粉絲啊，我還完全以為是感情糾葛呢。」

「別開玩笑了！」

「好痛痛痛！別捏奇怪的地方啦！」

「這一陣子跟蹤我的，就是妳吧？」

老師完全不露半點狼狽，推開了我走向那位女性。只見那位女性驚叫出聲，雙手摀著臉頰。

「是、是的！謝謝老師白天幫我簽名！那個……那個、那個，我一直都看著老師！當然今天會見到也並不是偶然！這一陣子我一直追著你，今天終於鼓起勇氣向你說話，高興得失去自己，我光是這樣就沒辦法繼續忍耐了……所以才又跟在老師身後……」

她一直追著老師。

比我今天調查老師行動還更早之前。

接著途中就裝成偶然，若無其事地向老師搭話，要求握手。

「老師的書我全都有買！自己看、欣賞用還有晚上抱著睡覺各三本！『無睡』系列非常棒，可是我最喜歡早期的『不條理』短篇系列！其中《螺子式曼荼羅》描述得非常難解又充滿悲劇，更是傑作中的傑作！還有之後出版的姊妹作《發條式曼荼羅》也是我心中的經典！在我描述老師作品的絕妙之處前，我得要先從我與老師作品最一開始的邂逅開始說起，可是也得要先提一下我過去的人生經歷……」

那位女性滔滔不絕地說著，我完全被她的氣勢蓋過。

「也就是說，她似乎是久堂的書迷呢。」

葦切小姐不見動搖，用直截了當的說法總結道。

老師也滿足地點頭。

「這樣啊這樣啊，就是這種心情，才這麼有毅力地跟著我，一直看著我啊！」

「所以為什麼你這麼高興啊？啊！該不會老師這陣子之所以一直發呆，也是感覺到自己似乎不知道被誰監視……嗎？」

「啊，想得都入神了。」

老師煩惱地嘆口氣。

「是這樣啊……」

如果一整天都覺得自己被什麼人監視的話，應該也沒辦法投入寫作吧？

「情緒不安導致無法專心工作，老師也有這種像人類一樣的心境呢。」

「不安？為什麼會不安？不是這樣的！」

我用溫暖的目光凝視他，卻不知為何被他駁斥。

「偏執地跟蹤某個人，不斷持續觀察，這樣的人的心境到底是什麼樣呢？我始終很在意這件事。想像跟蹤者生動的精神狀態，我就醞釀出各式各樣的優秀構思。所以我就更想要去瞭解，並讓自己置身在這樣的環境之中。」

「咦……所以幾乎每天都出門是因為……」

「當然是為了仔細品味跟蹤者的心境，我才特地跑到外面散步。雖然出門沒有目的很是麻煩，不過一切都是為了寫書嘛！」

老師指著穿著大衣的女性說道：

「那邊的那個人，多虧了妳，我有了不錯的題材，被妳跟蹤的每天都很愉快哦！」

「變態啊這個人！」

完全沒有像人類一樣的心。

享受被跟蹤的樂趣，接著又想要觀察被當成跟蹤者目標的自己，久堂老師的精神構造到底是發生了什麼事？

不過經過這件事，終於解開了這陣子老師奇怪情況的謎團，即使是這種場面，我卻也覺得心中輕鬆許多。

穿著大衣的女性抽噎著感動的淚水說：

「能讓老師開心真是太幸福了！我的心情也傳遞給老師了呢！不過……不過這樣的話為什麼又要跟那種女人約會呢……？」

她指向葦切小姐。

我？葦切小姐露出無言的表情。

「而且還兩個人單獨吃飯……看到這種情況，我怎麼樣也沒辦法忍耐……」

「所以妳就準備了刀子，在樹蔭下等待機會嗎？」

「對不起對不起！但我真的很喜歡老師！我愛你！所、所以拜託請不要討厭我……」

她雙手合十仰望著老師，彷彿是對老天獻上祈禱一樣。

我原以為老師當然不可能原諒這種事，不過意外地老師的回應非常友善。

「我怎麼會討厭妳？怎麼能討厭深愛著我與我的作品的重要書迷呢？正是因為有像妳一樣的人，所以才會有作家這種存在。來，擦乾眼淚，伸出手吧！作為見面的紀念，我們再緊緊地握一次手吧！」

那位女性露出了不輸頭上櫻花般的燦然笑容，老師接過她的手，緊緊地握住。她滿臉通紅地體會著喜悅之情。

「我好開心！就算到了下輩子我也不洗手了！」

「然後，我有個一定想要直接帶妳過去的地方，妳應該願意跟我走吧？」

「當、當然！只要是和老師一起，哪裡我都去！」

接著，老師便拉著她前往了鄰近車站的派出所。

在老師留在派出所接受訊問的期間，我與葦切小姐決定到附近的店裡等他——或者該說是葦切小姐把我拉進去的。

那是一家大人喝酒喝到天亮的店，所以我自然也是出生以來頭一次走進這種店。

我心跳如擂鼓，緊緊跟在葦切小姐身後，走入通往地下的樓梯，坐在牆壁邊的吧臺席。昏暗的店內播放著慢悠悠的爵士，其他客人也是少得屈指可數。

我深深壓低帽子，不著痕跡地向周圍暗示自己是個男孩，但喬裝成這樣的我與葦切小姐的搭配，在某些人眼中看來似乎會產生奇怪的誤解。畢竟現在已經是深夜時段，而這裡又是位於地下的酒吧……

「啊！那個孩子不喝酒哦！給她一杯牛奶吧，然後給我威士忌。」

調酒師的目光朝著這裡望過來，葦切小姐如此說道後，又極其自然地翹起腳來。

「真的是大災難啊！沒有哪裡受傷吧？」

她壓低音量，十分溫和地問。

「嗯，沒有受傷！這是我唯一的可取之處嘛！」

我這樣回答，就見她眼神很是閃亮，呵呵笑道：

「但是被狂熱的讀者攻擊，久堂也獲得了身為作家的價值了呢！」

「妳的意思是……？」

「意思是對作家來說，無論是如何激烈的感情，都比什麼都無法獲得還要來得更好。」

視線角落可以看到吧臺那裡正在倒牛奶。

「實際上要殺害作家非常簡單呢！」

葦切小姐換翹起另外一隻腳。

「光是世界上的人類持續性的冷漠，就可以讓大量作家停下創作了。」

她說：「無法引起別人興趣，也沒辦法讓讀者產生感想，這對作家來說是最痛苦的。」接著便不發一語。

「……那個女人會怎麼樣呢？」

我提起那個被帶去警察那裡的女人，想要打破沉默。

「久堂說他並沒有打算把事情鬧大，畢竟沒有人受傷，加害者本人也有在反省。只是我覺得與其說她在反省，不如說感覺是與憧憬的人牽手前進這件事讓她毫無遺憾。」

葦切小姐面露詭異地說：

「對了、對了！剛剛我在派出所跟久堂說了這番話，妳知道他回我什麼嗎？」

被她突然一問，我想著：回什麼啊？

八成是說：我賦予她能夠碰觸到天才作家雙手的榮譽，她當然鐵定是毫無遺憾的啊。

「在某些場合下感覺他的確會說這種話。」

葦切小姐笑，接著說：「他是這樣說的哦！」

「『如果是這樣就好。即使再怎麼危險，只要那種讀者願意支持我，我就會繼續寫下去——至少在他們刀子朝向我的這段期間內。』」

「啊……」

還真是符合老師的想法啊！

「對了，妳爸爸——義房先生會擔心妳嗎？雖然我很想好好跟他打聲招呼。」

「我剛剛有打電話跟他說會晚點到家。」

我把狀況大致地告訴父親，他就說如果和久堂在一起應該沒問題吧！順帶一提他還說了：「不要因為是春天，就像笨蛋一樣亂嚷嚷然後走夜路跌倒大哭哦！」還真是多管閒事！

「葦切小姐認識我爸爸嗎？」

從她的口氣聽來，明顯以前也有造訪過「月舟」，似乎也與父親見過面。

如我所預料，她點了點頭。

「葦切小姐是……那個，是老師原本的責任編輯吧？」

「妳叫我丙就可以了。是啊！一開始負責久堂出道作品的就是我，印象中還在銀座的咖啡廳一起改稿子改到天亮呢！」

她眯起眼，就像透過薄紗欣賞著對面展露的景色般。
「話說回來啊，雲雀真的長大了呢！」
「妳也見過我嗎？」
「當然見過啊！雖然那已經是在妳快要上小學那時候的事情了呢。」
她這樣說也是理所當然的，既然當時有來過「月舟」，那麼見過小時候的我也並不奇怪。
「妳不記得了嗎？」
「……對不起。」
「唉唉，不過這也沒辦法，雲雀都只跟久堂要好嘛～」
「什什、什麼啊！哪有這種事！啊，是牛奶——！」
恰好牛奶送了過來，我慌慌張張地伸出手，葦切小姐也拿起威士忌。
「像以前以樣叫我『丙姊姊』看看？」
「我才沒有那樣叫過妳！」
「明明說自己不記得了……啊～好好喝！」
她真的露出了幸福的表情喝起了酒。看她的表情，就連我都覺得威士忌應該非常好喝。
接著，她舔了舔唇瓣，彷彿是約好似地開始說起了老師的事情。
「他還是一樣非常古怪對吧？一天到晚都露出對世界上任何事都沒興趣的表情，四處毒舌噴人，不是八面玲瓏，而是八面凶猛啊！」

我用力地連點兩次頭，正如她所說，完全無法否定。

「他有時非常閃耀，有時卻會表現出厭世般的身影，實際上是個讓人搞不懂的男人呢！認識他的時候就是這樣了，那是久堂還是二十歲那陣子的時候。」

現在的葦切小姐，一定是回想起還稱得上是青年時期的老師身影了吧！

「他的心中仍然還隱藏著祕密、隱藏著黑暗，就像岩漿一樣在他的心中捲起風浪，等待著某天解放出來。我認為如果是久堂的話，一定可以到達文學的一種境界——一種捨去人性後才終於可以窺見的文學境界。」

葦切小姐就像要捕獲獵物徘徊不去的美麗老鷹一樣，直直地望著我。她為什麼要對我說這番話呢？

這個疑問隨著她的下一句話獲得了解答。

「所以請把他交給我吧。」

爵士的唱盤切入了下一首歌。

我忍不住用力地握住杯子——用力地、用力地。

「正確來說，我希望妳可以將他交到文學世界之中。」

葦切小姐喝乾了第二杯威士忌，彷彿是要把自己說出口的話語一起咽下的氣勢。

文學這個詞，宛如倒下的書架一樣沉重地壓在我心上。這個詞並沒有終點，也沒有形體。

「他現在所寫的那些荒唐無稽的推理小說當然也不錯，不過，他還有其他更應該寫的東西，那或許是靈魂、罪惡的本質，又或者是所謂的愛情，我希望可以讓他寫這些東西。一定有只有久堂才能寫出來的世界祕密，所以我才想帶他到美國去。」

「我從十年前開始就這麼想了哦！」葦切小姐說：「一直呢！」

「說交給妳什麼的，我並沒有……」

我並沒有那種決定權。

「妳覺得剛剛坐在長椅上我說服久堂前往美國的時候，他露出什麼樣的表情呢？」

我什麼都無法回答，也完全不能想像。

「雖然因為書迷搗亂話才說到一半，不過久堂在回答前就露出了非常痛快的表情了喔！就像六月雷陣雨過後的青空一樣，讓人忍不住看到出神呢！他完全沒有露出半點猶豫的神色。」

「妳的意思是……？」

「不去美國——他的表情就是這個意思。」

難道他不想到更廣闊的世界去挑戰、掌握成功嗎？老師明明應該會很開心地踏出這小小一步才是。

「我也有點驚訝呢！原以為多少有點希望的。走在夜路上與久堂聊天的時候，我感覺到的，他對這片土地、城市、風景，這些點點滴滴懷抱著某種愛情般的感受，只是那時候我還以為這並不會成為很大的阻礙。可是之後，雲雀，妳從樹叢裡跑了出來。看到那時候久堂的表情我就瞭解了，唉唉，這對手非常強大呢！」

葦切小姐說到一半低下頭，簡直就像是自言自語一樣說著，聳了聳肩，讓我懷疑她是不是正在笑，又或是哭了出來。

我手裡握著杯子，杯壁上的水珠無聲地滴落到桌上。

「那個，我聽到一半就開始不太懂了……也就是說老師不喜歡搭飛機吧？啊！其實他有懼高症之類的？」

我氣勢洶洶地說道。聞言，葦切小姐露出了無奈的表情：「我說啊……」接著又彷彿學校老師一樣用手指叩叩敲了敲桌子，開口似乎想要說什麼，最後卻只說了：「也就是說呢……」就又改變心意似地改口：

「還是很不甘心，所以我不說了。」

「咦——」

最後，葦切小姐吐吐舌頭，露出充滿戰意的笑容，點了第三杯的威士忌。

「不過我還沒放棄哦！所以才這樣先跟雲雀妳宣告，讓妳有所準備喔。」

我不太懂她想要表達的意思，大人間的談話對我來說還太難理解了。

＊

老師的訊問結束時已經是深夜時段了，但卻也不算太誇張。我們三個人走在幾乎沒有行人的路上。

「我會搭明天的飛機離開。」

葦切小姐大大地伸了一個懶腰，朝著後天自己所在的方向這麼說。

「不用來送我哦！」

「我知道了。」

老師回答，只見她回過頭來：

「……我的意思是『來幫我送機』呢。」

她像小女生一樣噗地嘟起臉頰，或許是喝醉了吧？

「聽好了，我會一個人飛回去，只有一個人哦！畢竟我是大人嘛！」

葦切小姐挑釁一樣地抓住久堂老師的衣領，叩叩地踱著腳。

「如果你太大意，就算是小女生也會立刻飛離雛巢哦！」

接著她便旋過身子，毫不猶豫地邁開步伐。她的手上還拿著老師送給她的花束。

對我來說，這個人真的是毫無前兆突然現身，宣言要把老師帶去美國。她有著一雙透著堅強意志的眼眸、毫不迷惘的側臉，是一位美麗的、成熟的女人。

她瞭解著我所不知道的老師。

若之後再與這個人見面，我也希望自己可以稍微成熟一點。

我目送著葦切小姐的背影，這樣想著。

就在這時，她停下腳步，回過頭來。

「呸！」

丙姊姊——她也是個幼稚的人。

我與老師好一陣子凝視著葦切小姐離去的背影。不久，她消失在夜色之中，老師便突然說了句：「回家吧！」

最後，老師與葦切小姐並沒有約好什麼時候要再見，而相對地，他們也沒有吐出離別的話語。他們就是這樣的關係嗎？

「妳們在酒吧似乎聊得蠻投入的嘛！」

我們走在不習慣的夜晚城市中。半路上，老師看似像在生氣般的這麼說著，但語氣中卻沒有憤怒。

「嗯，葦切小姐說了很多哦！像是老師以前的事情，稿子進行得不順利，老師分身乏術之類，真的是太好笑——呀！我的眼睛！」

我得意地笑著回答，他手指又戳向我的雙眼，果然還是生氣了吧？

「啊，等我一下啦！」

老師飛快向前走去，我跑著追了上去。穿著及膝褲，所以跑起來很輕鬆。

不過，最後老師今天一整天都在外面，完全沒有寫稿子。印象中他手邊應該還有正在寫的小說，沒有問題吧？

或許即使有所困難，他仍然為了葦切小姐空出時間。

就在我想著這些事的時候，感覺到身後突然有人出現。

另外也察覺到視線。

又是——視線。

「那個……自稱是老師大粉絲的那個女人，已經送到警察那裡去了對吧？」

「嗯，沒有錯的話。」

是錯覺吧？我這麼想。今天一整天精神都很緊繃，大概是太累了？可是老師似乎也察覺到跟我一樣的動靜。

「哼，妳也感覺到了啊？萬分感謝的是我的書迷似乎不是只有一個人呢。」

就跟在後面。

老師沒有回頭，音調也沒有變化地說道。

「但是如果是老師的粉絲，我們也友善的……」

「不要隨便回頭！我不認為無害的書迷會投以這麼尖銳的視線，這次說不定會直接攻擊妳哦！」

老師一說，讓我背脊發涼。如果又像剛剛一樣被刀子攻擊我可受不了。

再次偷偷地窺探後方情況，沒有其他路人經過，是因為時間已經這麼晚了嗎？還是這一帶本來就是這樣呢？我也不清楚。

「老、老師的讀者還真多危險人物啊……是文風的影響吧？」

「我不知道。今天還真是經常被跟蹤的好日子啊！未經我同意，就一直把我當成追趕的目標。」

老師混著嘆息，緊緊抓住我的肩膀。

「好了，雲雀，妳跑步的最高記錄是？」

「咦？是、是指短跑嗎？這個……大概十三秒？」

「很不錯的記錄。妳現在穿的衣服蠻適合跑步的，又更不錯了。」

剛說完，老師便立刻拉起我，鑽進正好岔開的小巷中。

「要逃了！」

我們就這樣狂奔起來。

道路寬度不足一公尺，腳邊四下散落著垃圾，兩旁雖然有著無數玄關大門和窗子，但都半夜了，當然全都緊閉不開。

「這一帶住了很多從各地來賺錢的單身勞工。」

道路上沒什麼路燈，旁邊還癱倒著喝得酩酊大醉的人。

「老師，不需要逃跑吧！可以跟對方談談，如果行不通，也可以像個男人一樣擊退對方啊！」

「有妳在，我也不能暢快地打上一架，畢竟雲雀妳有非常嚴重的人質體質啊！」

「我可沒聽過這種體質！」

「妳在說什麼？明明只要發生事情妳都會立刻被抓去當人質啊！而且我也不想再去派出所，最討厭那種地方了。就這樣撤退，趕緊回家吧！」

背後傳來了空罐被踢飛的聲響。回頭一看，就看到追上來的那人終於露出了真面目。因為沒什麼光線，只能模糊看出對方的體型——看來這次的粉絲是個男的。

我奮力快跑，想要多少拉開點距離。揮動著手，抬起了腿，追著老師的背影。

「……喂，雖然我想是不會啦，不過可以稍微詳細地問一下嗎？」

就在途中，跑在前面的老師回頭瞥了我一眼，問道。明明就在全速奔跑，還真有餘力啊！

「那個，也就是說……妳所謂的十三秒……當然是指百米的記錄對吧？」

問這什麼笨問題啊！

「真失禮耶！好蠢的問題，怎麼有人有辦法百米跑十三秒呢？當然是五十公尺的記錄啊！」

「失禮的是妳吧！快跟田徑社員道歉！」

他憤怒地大吼：「給我看後面！」我回頭一看，就看到追上來的人與我們之間距離大幅縮短了。我跑得有這麼慢嗎？

「真是沒辦法，要鑽進哪扇門裡嗎？」

「沒辦法的只有妳吧……不過無論如何，妳的提議太困難了。我想妳應該不知道，這附近在戰爭結束後就很貧困，治安並不好——說得清楚一點，就是治安很差。居民們八成也沒有完全信任鄰居。如果在這種時間有陌生人突然敲了大門，他們應該也不會露出笑容說『歡迎光臨』，就讓我們進屋吧！」

「為什麼好死不好逃進這種地方啊！」

「一瞬間的事情，這也沒辦法啊！」

在我們對話的這段期間，與追擊者的距離又更接近了。

我們又再逃進更狹窄的小巷，躲在堆積起來的垃圾袋後方。如果老師今天渡過了被追趕的一天，我就是渡過了躲在東西後面的一天。

不知道從哪照射進來的光線，讓追在後面的人影映在牆上如同巨大怪獸，但他的步伐似乎很緩慢？

對方似乎在這個又黑又複雜的小巷迷宮中追丟我們了。

只要他就這樣往另一邊走去——

我拚命地屏氣想要撐過去，但紊亂的呼吸無法如我所想地受控制。

「怎麼樣啊雲雀？只在密室前解謎的可不是偵探哦，有時候像這樣被神祕追擊者跟蹤也是偵探的一大魅力呢，真是冷硬派的風格啊！」

「在這種什麼時候你還在說什麼啊！」

我忍不住提高音量，就在這瞬間，追擊者的腳步聲便轉向這裡接近。

「這種時候不要像之前一樣吐嘈啊！」

我們趕緊從那個地方再次跑起來。

「哎！果然還是很慢！」

老師似乎忍耐不下去了，伸出他的大手繞過我的腰。

就在我還不明所以之際，他無視我的意見就這樣扛起了我。

「哇啊！竟然扛起來！竟然把少女扛在身上！」

「之後再抱怨啦！很急的時候這樣還比較快！」
「如果早知道會這樣我就不在剛剛那家店喝兩杯牛奶了！」
「誰會知道啊！」
我被老師扛在肩上，簡直就像是被壞人給抓走一樣，但是這個姿勢正好讓我可以看清後面的情況。
沒有路燈的小巷中雖然無法看得一清二楚，不過後面確實有人在追趕——一個體格健壯的人。正直直地朝著這裡奔來。
他追著老師到底想要幹嘛？又要用刀子攻擊嗎？至少看起來不像是單純想要求握手而已。
「得、得要想辦法求救才行！」
「那種危險人物哪會有一般人幫助我們啊？跑快一點就這樣飛奔逃走吧！」
老師雖然也很努力，但彼此距離還是又漸漸縮短了。
「但……但是，雖然你這樣講，可是對方是你的讀者吧？又不可能是被殺手追殺……」
「妳還真是個安逸的傢伙啊！」
「咦？你這是什麼意……好痛！」
老師轉過轉角的反作用力讓我的頭撞上了牆壁。
「頭上絕對會長一個包啦……」

「別亂扭身體！」

從他的聲音聽來，似乎也沒什麼剩餘體力了，而且追擊者又更接近了。

沒有自己下來跑的我，用一種懊悔的心情從老師的腋下偷偷望向他的臉。抱著一個礙手礙腳的小女生狂奔，還託此之福快要被追上了，想必他應該很生氣吧——

可是老師笑了。

「多虧妳的頭撞到牆壁讓我有了好主意。」

「咦？」

「雲雀，妳接在我的後面這樣講：『這樣也可以，不然乾脆算你免費吧！』」

「這、這是什麼意思？說起來人家的頭撞到讓你想到這種主意又是什麼道理？請冷靜一點！」

我認真地擔心起被追到窮途末路的老師是不是昏頭了，可是老師依然掛著機敏的笑容。

「我很冷靜，非常。」

接著老師用力彎過身子，對著附近大聲地說：

「妳這傢伙真是不錯的女人！原來也有店家有很多像妳這樣閃閃動人的大姊啊！」

完全不像平常老師的粗鄙發言，他的嗓音撞上建築物牆壁後又形成回音。

「算我半價的話，去看看也可以啊！」

接著他小聲地催促我：「換妳了，雲雀！」我就這麼不明所以地全力大聲說：

這、這樣也可以，不然乾脆算你免費吧！

「……所以，你到底讓我說這個幹嘛……！」

沒過多久，我們所通過的一扇扇所謂的玄關大門、窗戶一齊打了開來。

「什麼？喂！那是哪裡的店啊！」

「快介紹我去！」

「女人嗎？在哪裡？是這麼好的女人嗎？」

居民的聲音迴盪在小巷中。

「大喊殺人沒有人會來幫忙，不過只要大喊有好女人，就可以引起男人們的注意。」

「老師……你這種人實在是——！」

這種作法以我個人來說實在是無法大加讚揚，可是確實很有效果。

追擊者的身影已經從小巷中消失了，應該是為了躲避走出小巷的居民們的目光，往大馬路的方向逃走了。

「我就想如果是很多單身男子居住的地方，這個方法應該很有效，正如我所預料的。」

首先確認安全無虞後，老師才停下腳步，把我放回地面。居民們立刻向著老師發話。

「喂！明明就沒看到什麼好女人的蹤影啊！在哪啊？」

「你有看到嗎？剛剛小巷裡確實有人說話的聲音啊！」

「這個，就像你們所看到的，這裡只有我和這個矮小鬼。來，走吧！雲雀。」

總覺得自己受到了令人很不甘心的待遇，不過現在不能隨便反駁。我安靜地乖乖跟著老師走。

「在可疑人士出現之前，快到大馬路上招計程車吧。」

他明明到剛剛為止都扛著我狂奔，現在卻一臉平靜，站在路邊等著計程車，彷彿只是被有點激動的書迷追趕一樣有些疲累而已。

因為發生太多莫名其妙的事，我漸漸地越來越火大。

「今天被各式各樣的人追著跑，當作家還真是有價值呢！」

「妳在生什麼氣啊？就算膨著臉頰也完全不可愛哦。」

「要你管——！」

我胡亂地四下亂蹬，這種舉動即使是我自己來看八成也不忍直視吧？不過我能做的事也只有這樣了。

我不過是被老師扛起來的行李而已。

非常不甘心。

但是我的心跳卻非常急促，是在酒吧聞到酒味害的嗎？還是是因為和老師兩個人跑了一晚的關係呢？

片刻的沉默降臨，圍繞在我們兩人的身邊。

我脫下帽子，頭髮在肩上晃動。

「……欸，老師。」

我叫了他，他短短地應了聲。只有這樣，也莫名地讓我心情舒暢。

「老師……你到外面每次都會遇到這種事嗎？」

老師揚起嘴角，露出充滿惡意的表情，捏了我的臉頰。

「推理作家的敵人是很多的。」

*

「我出門囉！」

我朝著在店裡的父親說完，便從後門走了出來。今天和柚方約好要到上野公園去玩。日光讓我瞇起了眼，我用腳尖跺了跺，讓腳完全塞進鞋子裡。

抬頭一看，薄薄的雲高高飄在天空，而透過雲朵可以看到湛藍晴空。太陽明顯地露出輪廓，閃閃地照耀我的額頭。

似乎是戀愛的季節了，道路一旁有野貓在互相追逐。

凝視著這個光景，我忍不住想起幾天前那個不可思議的夜晚。

當天晚上，老師比往常來得更戰戰兢兢，但捏著我臉頰的指尖卻從未有過的溫柔。

敵人很多——老師彷彿開玩笑地這麼說，不過那真的只是單純的玩笑話嗎？

我越來越不明白。因為是老師說的，或許只是單純的幽默也不一定。

可是要真如此，那我那個時候所感受到**好幾道的視線**又是怎麼回事呢？

在建築物的陰影中、車上、大樓樓頂，四處都可以感受到視線。

逃竄的時候，除了從背後追上來的男人之外，確實還有其他人在窺探我們的行蹤。

我認為有這種感覺。

還是那一切只是夜風、月光偶然交織而成的錯覺呢？

「啊！忘記帶錢包了！」

我一邊想，一邊邁開步伐，但走了幾步才發現自己忘了東西，只好丟臉地偷偷摸摸回家去拿。

明明就不是做什麼壞事，但我既然都大聲地說了要出門了，只好心中滿是羞恥，悄悄地走在簷廊上。

「雲雀剛剛出門了哦！」

突然，店面那裡傳來了父親說話的聲音。

「跟往常一樣的可以嗎？」

我從裏門往外看，父親正在泡咖啡的身影，經過窗外傾落的陽光照耀，看起來就像是一抹剪影。

「小丙邀請你去美國嗎？這還真是充滿熱血的邀約啊！」

「葦切小姐從以前就是個沒什麼邏輯的人嘛。」

「竟然被久堂老弟這麼說啊……」

坐在吧臺位置的是老師，店裡沒看到其他客人了。

「那個晚上好像很辛苦呢！我聽雲雀說了哦，聽說是被書迷追擊？」

「這一陣子特別容易被跟蹤呢，除了熱情的書迷、雲雀之外——還有諜報部的傢伙。」

我正打算出聲走出去，聞言，卻忍不住停在了原地。

「是戰爭結束後祕密設置的那個組織嗎……」

我思考起剛剛所聽到的對話的意義。
兩人陷入沉默，雙方的眼神看起來像是搜索著遙遠的記憶。
「十五年前，二次大戰末期的亡靈到現在都還糾纏著你嗎？那個當時被你揭穿、帶離的祕密，舊日本軍祕密計畫——『第十一隻烏鴉』。政府應該很擔心你什麼時候會把祕密暴露出來吧？作家久堂蓮真不但可以利用文字出現在眾人眼前，還可以在小說中偷偷地埋藏進真實的訊息呢！」
「小說是小說，不能更多也不能更少。無論祕密對政府來說是多重要，我也沒有打算要在自己小說裡面放入無關的訊息。」
「這是現在這個時候的想法，對吧？」
「誰知道呢！不過實際上出版社似乎也受到上面來的壓力，多虧他們，我成了個百年不賣的貧窮作家。」
「你就是想說不暢銷的理由不是因為小說內容吧。」
聽了父親的話，老師苦笑地搔了搔頭。
「義房兄真是嚴格呢。」
老師的舉止簡直就像是小男生一樣。
「如果是小丙也會這樣講吧！」

父親一邊擦著手邊的咖啡杯一邊笑。

「恐怕是因為那些傢伙掌握到我與好幾年沒見過的葦切小姐接觸，才讓他們變得敏感了吧？害怕我會把那個計畫的情報帶到美國，那就糟了。」

「小丙知道嗎？」

父親問，老師立刻搖了搖頭。

「我沒跟她提過十五年前的所有事情，不過她擔任我的責編時，似乎就有注意到什麼了，還有前幾天見面的時候也是……她依然是個很敏銳的人呢！」

我屏著呼吸，從家裡飛奔而出。

在完全沒預料到的時刻，聽到了完全沒預料到的事實，讓我的腦中捲起了春天的颶風。不過，從父親與老師的對話中我所能知悉的，一定只是事實的冰山一角、些許片段罷了。

諜報部、舊日本軍、祕密計畫。

像是謊言一樣的詞彙排列，在耳朵深處迴響。

十年前到底發生了什麼事呢？

我不瞭解老師。

老師什麼都不告訴我。

十五年前的老師、十五年前的老師。
有許許多多我不瞭解的老師。
雖然我想要比誰都更靠近他，但卻什麼都不瞭解。
即使身處極近，可是碰觸不到——
在那個人的身邊，卻夢到了那個人。
這簡直就像是——緊鄰著春天而盛開的櫻樹，不是嗎？
我又注意到自己再次忘記了錢包，不過依然繼續奔跑著。
不知從哪裡飛落而來的淺粉色花瓣，纏上了我的雙麻花辮。

「對了久堂老弟，你真的不想要去美國嗎？」
「我不會去的。」
「為什麼？小丙難得都邀請你了，我想也是不壞的事情。你有什麼不想邁出這一步的理由嗎？」
「理由只有一個。」
「哦？」
「我最討厭飛機這傢伙了！」

花妖愛娜溫的獨白
女學生偵探系列三

第一章　恰好

「一個人來到這種地方，不知人間疾苦的大小姐真是粗心呢！」

我慢慢地說，讓自己的話語傳遍對方身體每一個角落。

眼前站著一位美麗的少女，她用嫌惡、警戒的眼神望著這裡，一邊逐步向後退去。

雖然她表現得很是堅毅，卻隱藏不了心中的不安，證據就是從剛剛開始她的身體一直都在輕輕顫抖著。

「哎呀哎呀，妳很害怕呢！這樣的話我先教妳這裡的規矩吧？」

我邊說，邊猛地抬起頭，然後窗戶玻璃映出了我的身影。

雙馬尾辮、左臉頰上的哭痣、扭曲的上吊唇角——無疑正是我自己的臉。

是花本雲雀的臉。

這是多麼充滿惡意的臉孔啊！

我彷彿是一位旁觀者般地想著。

但是現在這樣很好。

我是野獸，對著美麗少女露出獠牙的熱沃當怪獸*註1。

不會放過任何人！

平常會對著同班同學露出笑容、開朗談笑的花本雲雀，並不在此。

我將少女逼到牆邊，輕聲說：「妳逃不掉了。」

「不要碰我！」

只見紅髮少女揮開我伸過去的手。

我瞪大眼怒斥：

「差不多該有所覺悟了吧！這裡可不是妳的宅邸！沒有人……沒有人……呃……是什麼？」

我慌慌張張地翻起單手拿著的冊子，確認起紅色鉛筆畫線的地方。

「啊，對了對了！沒有人會保護妳的……」

翻開下一頁。

「識相的話就把值錢的東西恰好出來！」

「等一下、等一下！」

這時，有人插入了我們之間。

*註1　一九七〇年代時出沒在法國熱沃當省的食人狼形野獸，據說有著巨大尾巴與鋒利牙齒。

那是一位戴著黑框眼鏡、髮長及肩的少女。只見她彷彿是要打斷我用盡全力發揮的重點台詞，拍了拍手說：「不行不行！」

「花本同學，妳的台詞念得太沒感情了！就像是用尺畫出來的線一樣完美的平整！這樣完全無法呈現出恐怖感，缺乏緊繃的氣氛！」

被她毫不留情地指正，我垂下肩膀。

「不、不好嗎？」

「不好！妳是城市裡的小混混A，必須要演出更壞的樣子才行，所以首先得避免依賴劇本，快點記住台詞吧！」

「我、我知道了！」

「啊！還有，最後的台詞沒有說對呢！什麼『恰好』出來，是『交』出來吧！」

「好的！恰好出來！」

「妳又沒說對！」

「郁美，妳有點太嚴格了啦！雲雀又不是正式社員。」

或許是看不下去我杵在這裡一直被罵，其他女生也為我說起話來。

「她的演技確實沒有值得稱道的地方，不過音量足夠、很有感覺，我蠻喜歡的哦！」

我感覺自己被這段話拯救了。

「謝謝妳！」

「嗯，的確有種微妙的感覺呢！」

伸過來的看起來是援手，但握了上去又不是這麼回事——什麼是微妙的感覺……

有人出聲調解，黑框眼鏡的女子卻更是語速飛快的喋喋不休。

「靜子妳太天真了啦！雖然我很感謝她幫助我們，可是這跟那件事是兩回事，既然要做，就要要求到最好啊！我們又不是同好會，是歷史悠久的明尾高中戲劇社！」

她講得非常流暢。

「算了啦！反正沒什麼時間，開始下一幕吧！花本同學到旁邊看吧！」

我照著她吩咐，坐到了房間角落的椅子上。

這裡是明尾高中戲劇社的社團教室，時間是下午四點，秋色的天空美麗地昏暗下來。

牆壁旁排列了兩層書櫃，稍微有些雜亂地收著名為高爾基、契訶夫、莎士比亞等劇作家的書籍；旁邊還設置了一個老舊木製壁櫃，裡面則倒放著社員各自愛用的杯子。

社團教室位於南校舍三樓，從窗戶還可以隱約看到走在北校舍三樓走廊的學生身影。新聞社的社團教室就在那一區，那大概是新聞社的社員吧？

中庭傳來棒球社的吶喊聲與吹奏樂社的長音練習。

我邊小聲地練習台詞：「交出來、恰好出來、恰好出來……」一邊看著戲劇社社員們排演的情況。

事情發生在兩天前。

那一天，同班同學藍浦多希拄著腋下拐杖上學，印象中是在第二節課結束的時候。休息時間，朋友們圍著她，她便說起了昨天發生的意外。

而座位相對比較近的我也聽到了那番對話。

「藍浦同學，妳的腳怎麼樣？」

「就像妳看到的，是又細又漂亮的腳，對吧？」

多希用著一直以來的俏皮語調回答。

她似乎是在昨天放學後絆了一下，從樓梯上跌了下來，扭傷了右腳。仔細一看，也能看到手肘、額頭有輕微治療過的痕跡。

她開心地笑著，聽朋友關心地念她意外地很少根筋。

「等等、等等，小雲啵！」

而當天午休時間，多希叫住了我。

她將腋下拐杖放在一旁，坐在我前面的位置上。右邊的腳踝包了好幾層繃帶，似乎很痛，本人看起來倒是很有精神。

「怎麼了多希？我可不會給妳便當哦！今天的玉子燒可是傑作呢！」

「我又不是來找妳討東西的！是有事情想跟小雲啵商量……」

她一直叫我小雲啵，一開始我還覺得這種叫法聽起來很像小雲婆，心裡有點抗拒，不過現在已經習慣了。

「聽說小雲啵還有另外一面，真的嗎？」

「另、另外一面？妳在說什麼？」

她問了個我完全沒有預料到的問題。

「我完全咀嚼不了妳說的話耶，多希。」

「倒是白飯看起來咀嚼得很快呢！」

「才沒那種事！」

「太沒說服力啦，別一邊吃飯一邊說話！」

多希的講話方式有些豪爽。她是一位很可愛的女生，有著一頭與她非常相稱的清爽短髮與笑嘻嘻的笑容。

「所以呢？有什麼事嗎？我才沒有什麼另外一面呢！」

另外一面什麼的聽起來太不好聽了。

「或許該說是另一種生意？」

聽起來又更不好聽了。

我迅速加以否定，就聽多希說：「可是——」

「妳在做偵探吧？」

「妳——」

我忍不住一口把玉子燒整個嚥了下去，完全沒時間品嚐。

「妳是從哪裡聽說……」

「是隔壁班的沙穗啦。」

「是沙穗？」

雨村沙穗與我雖然不同班，但我們感情很好。

「我和她是同一所國中哦！雖然在走廊上碰面只會站著說幾句話，但她有提過小雲啵的事情呢！說她在明尾祭的時候受到妳諸多照顧。」

「哦……」

五月舉行了學校活動——明尾祭，在那時，我解決了某起事件。

不，說是解決或許有點太誇張了，我也只是發現了被埋藏起來、沒有傳達出去又即將遭到忘卻的真相，以及沙穗的情感而已。

不管怎樣，沙穗向多希提起的應該就是這件事吧！

「小雲啵，妳私底下很活躍吧？」

「才沒有呢！」

說實在的，我有種很麻煩的習性與性格。

我有著可以稱呼為偵探病的癖好，一旦出現讓我百思不得其解的神祕事件，我就會忍不住插上一腳。

這是從過去既有的癖好，都是因為這種個性，讓我迄今捲入了大大小小的許多事件裡。沙穗身為被害者的文化祭——通稱明尾祭那時所發生的那起事件也是其中之一。

我在偶然之下捲進那起事件，最後還成功解決了它。

也是因為這樣，沙穗才會說我是偵探吧？

「我沒有怎麼照顧她啊！」

「但她是這麼說的，說如果沒有小雲啵的話，那個謎團、誤會就會一直持續下去，她或許還會帶著悲傷的心情渡過她的住院生活，所以她非常感謝妳哦！」

「是、是這樣嗎？」

聽多希這樣講，我自然一陣開心。

「我雖然不清楚沙穗受傷的詳細原因，不過其中大概隱藏了很多人都不知道的真相吧？小雲啵解開了它，還解決了這起事件。」

五月的事件害得沙穗受了重傷住院，不過到了六月梅雨季初她就出院了。而暑假結束開學後，她開始正常上下學，似乎沒有什麼後遺症，我也可以安心了！

「所以沙穗才稱呼小雲啵是偵探嘛！一定是這樣的，絕對！」

多希點了點頭，她這樣的動作看起來比我更像偵探。

「所以，我有一件事想要委託偵探花本雲雀。」

接下來開始進入正題。多希將臉靠近過來，彷彿喃喃自語般地說：

「希望妳能夠解決花妖愛娜溫的詛咒。」

我忍不住停下筷子。

「……妳說什麼？詛咒？什麼的……？」

我耳邊好像聽到很陌生的詞彙。

「我來說明吧！首先，妳知道我參加的社團嗎？」

「戲劇社，對吧？」

「對！戲劇社。雖然我不是想炫耀，但我們社團歷史悠久，又有過輝煌的成績，在市內非常有名。」

明尾高中戲劇社的大名在校外確實也非常響亮。明尾高中創立四十年，而戲劇社創設迄今則是三十五年，過去曾獲獎無數，學校當然也非常關注。

多希就是那個戲劇社的社員。

「那麼，說到我們社團每年例行的活動呢？」

「這個……發表會？」

「就是這個！」

「啊！說起來好像快到了呢！」

每年這個時期，明尾高中的吹奏樂社與戲劇社都會在體育館的舞台上舉行發表會。吹奏樂社會演奏平常練習的曲子，然後戲劇社則接著表演一齣舞台劇——今年當然也有舉辦的計畫。

官方名稱叫做「文化發表會」。

「這一陣子我們社員為了公演，每天都留在社團教室排演到很晚呢！」

「哇！好期待哦！去年的《新約羅密歐與茱麗葉》也非常棒呢！把本來背景在義大利維洛那換成日本宿驛的那個故事！」

背景是在部路尾那村，描述門太牛家的兒子——狼澪與腳緋玲徒家的女兒——樹理枝編織出來的愛與悲劇的故事。

「學長姊們的演技和衣服都很漂亮，我忍不住就看得入迷了呢！」
「那時候我還是個一年級生，不過也有上台演狼澪的朋友卷男哦！」
「只是很快就被殺掉了吧！」
「吵死了！」
她從我的便當裡偷走了一樣菜。
「然後呢，今年要演的戲劇是？」
我重振精神一問，多希一瞬間便露出沉重的神色，接著陷入片刻沉默，彷彿依照劇本寫的指示似地側過頭去，望向校園。
於是我趁著這段期間迅速吃起便當——萬一其他菜色也被偷吃可就不好了！
「……我說啊，妳稍微關心我一下說句話啊？像是『怎麼了嗎』之類的！」
「嗯嗯、嗯嗯！」
「唉，我知道了啦！我自己來，妳別說話了。」
我應聲後，傾聽起多希所說的話。
「今年要演的劇目叫做《花妖愛娜溫的獨白》。」
一齣我沒聽過的劇。
花妖愛娜溫——

念起來非常獨特。

「這是全體社員一起討論決定的。秋季公演是賭上戲劇社面子的重要活動，得要仔細討論才能決定呢！」

學校很注重發表會，對戲劇社來說，這也的確是很盛大的舞台。

如此看來，《花妖愛娜溫的獨白》一定是一個非常優秀的故事吧！

「可是……」

說及此，多希停頓了一下。

「這齣戲——《花妖愛娜溫的獨白》……據說遭到了詛咒。」

詛咒。

剛剛所聽到的那個詞，果然並不是我聽錯了啊！

「如果上演《花妖愛娜溫的獨白》，災難就會降臨在社員身上——從過去一直有著這個傳聞。」

「就是指……花妖愛娜溫的詛咒？」

「嗯！流傳在戲劇社的傳說……就像是校園七大怪談之一一樣哦！從記錄上來看，約在二十年前左右，曾經在發表會上演出過。」

「二十年前……」

也就是，二次大戰前。

「可是那個時候，社員們身上陸陸續續發生了詭異的事情，據說還有人受傷呢！」

所以詛咒並不是毫無根據的流言囉？總覺得好像進入了神祕的領域。

「那一天之後，《花妖愛娜溫的獨白》就封印起來了。」

「對了，詛咒的事情大家都……？」

「當然社員大家都知道，雖然知道，但還是決定要上演這齣戲。這次就是相隔二十年後《花妖愛娜溫的獨白》的復活呢！」

其他同學紛紛將桌子併了起來，邊聊天邊吃起午餐，但一定沒有任何人像我與多希一樣，聊的是詛咒的話題吧！

「雖然說決定要演，老實說還是很害怕詛咒。大家表面上都不相信這件事，可是卻會默默露出不安的神色呢！從沙穗那裡聽說小雲啵的事情之後，我就想如果是小雲啵，說不定有辦法解決這個詛咒呢……」

我終於理解她的來意，可是——

「等一下！妳說我說不定有辦法……但這是像校園怪談那一類的詛咒吧？我可不是祈禱師或靈媒啊！」

另外嚴格說起來，我也不是偵探。

「詛咒什麼的我沒辦法啦！況且說起來還什麼事都沒發生不是嗎？」

這樣的話也沒辦法解決呀！

雖然對信任我的多希很不好意思，不過這次事件對普通的門外漢偵探來說，負擔實在太重了——或者該說並沒有可以解決的事件，我對超自然神祕事件無計可施。

但是，多希卻彷彿打出最後一張王牌似地說：

「如果已經開始出現受害者的話呢？而且還是以一種很現實的形式。」

「咦？」

「沒有的話，我也不會像這樣拜託妳啊！」

「妳說的受害者，到底……」

「小雲啵也知道的吧！」

「我也知道？」

我嘟起嘴陷入思考。沒有聽說戲劇社發生什麼事件的傳言，說起來我認識的社員也就只有眼前的多希了。

「從剛剛開始，就一直在妳的視線範圍裡不是嗎？」

那就只有我眼前的這個人了……眼前的……

「啊！多希的腳！扭傷！那是詛咒的關係？」

明明人家都把我視為偵探來委託事件了，我的遲鈍還是連我自己都看不下去啊！

「噓！妳太大聲了！」

「咦？可是那不是摔了一跤從樓梯上跌下來嗎？」

「那是騙人的，我才不會一個人自己跌倒然後從樓梯上摔下來呢！戲劇社社團教室下到一樓鞋櫃那裡有一條走逃生梯的捷徑，妳知道嗎？昨天在社團活動結束後，我正要從那裡下來，結果不知道是誰從背後推了我……那種感覺我現在還歷歷在目。」

現實的形式——我回想起剛剛多希所說的話。

「某個人有企圖性地把多希……」

「嗯！這一定不是詛咒，而是存在於現實中的人類做的好事！」

她如此斷言。

「這件事妳……」

「我沒有跟任何人說，社員也是。在離公演沒多久的這段時間，我不想搞出問題來。如果知道流傳在戲劇社的詛咒導致有人受傷，那麼公演那天，觀眾一定都不會用單純的心情來觀賞戲劇吧！會說這是被詛咒的舞台、不祥的公演之類的。」

「這……」

或許就是如此，這種傳言可能更會引起大家的興趣吧？

「被學校知道了也不好，要是被當成大問題，導致公演前夕臨時被迫終止就太糟糕了！」

「所以……」多希說：

「我希望委託偵探小姐潛入戲劇社，暗中解決這起事件。」

「妳說潛入……到底要怎麼做？」

「嗯，說的也是呢……啊！說是幫忙戲劇社，代替我演出角色，如何？」

多希毫無預兆的提議，讓我懷疑起自己的耳朵。

「代替妳？我嗎？在戲劇社演戲？不可能啦！」

「沒問題啦！因為沒什麼戲份，台詞也非常少，嗯！正好我也在找人代替我，這樣的話就一石二鳥啦！」

「完全不是一石二鳥啊！」

就我來說，只是增添了一場苦難而已。

對什麼都不懂的我而言，混入歷史悠久的戲劇社排演什麼的負擔實在太重了。

「不然這樣好了！只要妳願意接受委託……」

看到面露難色的我，多希用手掌用力拍了桌面，彷彿訴說著這是她最後的手段。

「無論妳說什麼我都不會接受的！花本雲雀可不會受丁點物質誘惑就陷入落魄的窘境。」

我傲氣地說，展現出自己頑強的意志。

「請妳吃最近在銀座百貨公司很受歡迎、男女老少都去排隊的絕品極樂聖代！」

「極、極樂聖代！」

據說吃下一口，極樂淨土就會在口中擴散開來。

大受歡迎，天天大排長龍，迅速售罄……是班上還沒有任何人吃過的夢幻聖代，另外價格也是高貴到以學生零用錢難以下手。

「妳要請我吃……那個極樂聖代？」

事實上，我從很久之前就一直想要吃看看了。

「我一定會讓小雲啵吃到的！我以我藍浦多希的名譽發誓。」

想吃！無論如何都想吃！但是要想吃到，就得要解決這起神祕事件，還得要代替多希上台表演。

「唔唔……唔唔！」

「哦！小雲啵在顫抖了！因為太過煩惱導致身體輕輕顫抖起來了！」

我有多久沒有這麼煩惱了呢？最後我緊緊地閉上眼，用擠出來般的聲音回答：

「我……答應妳！」

「那就這樣，拜託妳啦！」

如此說完後，多希便拄著還不習慣的腋下拐杖，站起身來離去了。

花妖愛娜溫的詛咒——

這是多麼麻煩又有點詭異的委託啊！

但是很不甘心地，這件預料之外的委託，卻讓我的好奇心驀地膨脹起來。

偵探病。

唉唉，不治之症。

還有當作報酬的極樂聖代。

「真讓人期待！」

我露出笑容。

「雲雀，不好意思我來遲了！人實在太多了！」

剛剛跑去買東西的柚方回到教室，看了我的便當一眼，高聲說：

「咦？雲雀妳的便當已經空了！好過份！竟然自己先吃午餐了！我明明就說我去買麵包讓妳等我的！今天聽說小桃和雨村要一起吃午餐，所以我們才說好不可以輸給她們，約好要兩個人一起吃飯的啊！」

經她這麼一提，我們的確有約。柚方、小桃和我是同一班，一般都是我們三個人一起吃午餐，可是今天我與柚方約好兩個人一起吃。

太過專心在談話，我完全忘記了。

雖然跟柚方說了：「對不起嘛～」她卻一整天都在鬧彆扭。

經過了這件事後，我便潛入了戲劇社，參加排演——以代替腳扭傷沒辦法站在舞台上的多希出演的名義。

本來我是美術社的社員，也有社團活動，但和社長一提，她馬上就同意了。

「妳朋友很困擾吧？距離肖像畫比賽截止日期還有一段時間，沒關係的！妳去吧！」

我終究沒有提起詛咒一類的事情，不過社長很是理解友情的真諦。

「不、不是因為每天都看雲雀畫的畫很痛苦哦！也不是因為看到妳的畫就會無意識回想起封印起來的年少時期黑歷史哦！所以不用擔心美術社，妳就去吧！去戲劇社幫助朋友吧！」

雖然我不太理解社長想要表達的重點，總之她就這樣迅速地把我送了出去。

沒想到戲劇社的社員起初卻對我要參加戲劇一事很是為難，即使有多希的推薦，但要讓一位突然冒出來、完全沒有任何演戲經驗的門外漢登上舞台，他們似乎並不覺得是件好事。

就算如此，他們還是得想辦法填補多希的空缺，而且還要盡快——最後戲劇社社長拍板決定，同意我加入幫忙。

「這裡是你家嗎？嗯！還真是簡陋吶！」

「對貴族大小姐來說想必很難得一見吧？不喜歡的話不用進來沒關係，妳如果想要繼續被雨淋當迷路孩子，我也不會阻止妳的！」

「我允許妳邀請我入內。」

「真嘴硬！」

我著迷地看著戲劇部社員們排演。

流暢、充滿感情的台詞一一編織起來，她們當然沒有像我一樣一直翻著劇本。

雖然我對演戲不太瞭解，卻覺得非常厲害。很像專業……不，或許就是專業的，因為我們學校戲劇社在過去已經累積了這麼多的成績嘛！

我大感佩服，並再次看向劇本。

封面印著「花妖愛娜溫的獨白」。昨天多希才交給了我，不過傍晚的時候我已經大致看過一遍，還在自己台詞上做了記號，朗讀好幾次。只是今天的排演中卻完全沒有顯現出成果——太狼狽了！

我從不覺得自己是如此地沒有演戲天分，還以為自己稍微更好一點，甚至在被指正之前，我都仍然抱持著些許自信。

啊……開始想哭了……

「恰好出來、恰好出來、恰好出來……」

我邊練習台詞邊翻頁。

一開始的頁面寫著登場人物，下面則印有飾演的演員姓名和學年。

◆花妖愛娜溫的獨白・登場人物　演員表◆

飛鳥井采　——　鷹峰鮎里　二年級

蜂院葉月　——　乙羽喜和子　二年級

艷小路有文　——　大島郁美　三年級

葉月的父親　——　天津靜子　三年級

學校教師　——　天津靜子　三年級

友人Ａ——藍浦多希　二年級

小混混Ａ——藍浦多希　二年級

剛剛糾正我演技的黑框眼鏡女學生，是三年級的副社長——大島郁美學姊，然後向我伸出援手的則是同樣是三年級的社長——天津靜子學姊，她同時也負責舞台佈置。

她們兩人現在都站在社團教室牆邊看著排演。只見郁美學姊扶著眼鏡框，表情認真地注視著學妹演戲，而靜子學姊的眼神則非常平靜。

《花妖愛娜溫的獨白》中有兩位主角——采和葉月登場。采是庶民的女兒，葉月則是貴族大小姐。

在教室中間飾演這兩位角色的，分別是鷹峰鮎里與乙羽喜和子。

而現在正在排演采第一次邀請葉月到自己家的一幕。

鮎里透過俐落的舉止及演技，完全化身為庶民的女兒。她有著日本血統的五官，非常美麗，只要再化上細緻的妝，在舞台上必定可以脫穎而出吧！或許是天生既有的氣質，又或是眼神中蘊含著舒心的溫暖，她渾身飄散著不僅止於美麗的獨特魅力。

另一方面，喜和子頭上則戴著漂亮挽起的假髮，展露出優雅的舉止。剛剛我飾演小混混Ａ糾纏的就是她。她和鮎里不一樣，眼神非常銳利，給人有種稍微難以接近的印象，專注於演戲上的現在又更是如此了。

不過她的演技非常耀眼，依然讓人離不開目光。

據之前聽說，她們兩人似乎並稱為戲劇社的兩大招牌。

鮎里與喜和子，就如同太陽與月亮一樣，擁有著截然相反的魅力。

「恰好出來、恰好出來、恰好出來……」

我又將視線挪到下一頁。

上面印著幕後人員的名字。

◆幕後◆

大道具、小道具　大河內利朗　一年級

照明、服裝　市川忍　二年級

音效　廣播社

大河內、市川二人站在社長她們對面的窗旁，邊工作邊一瞥一瞥地望著鮎里她們演戲。

大河內負責大道具，雖然他是一年級生，力氣卻很驚人，身高又高，體格也非常健壯。相對地市川在男生算是矮小的，給人一種很內向的印象。

順帶一提，劇本上登場人物、演員表的頁面上，多希的名字被畫上了刪除線，取而代之的是用手寫記上了我的名字。因為是在印刷完成後才決定讓我參加，所以就變成這樣了。

關於友人Ａ及小混混Ａ，我有問過社長靜子學姊，既然沒有Ｂ，不就不需要特地註明Ａ嗎？她卻理直氣壯地回答說：註明Ａ看起來比較像是舞台劇劇本不是嗎？

她似乎比我所想地更在乎「看起來比較像是」。

可是我是在拿到劇本之後，才知道得要演出兩個角色，多希是故意沒有提起這件事的吧？或許她認為一旦說出來，要說服我接受委託就更困難了？

現狀來說，戲劇社的人數很少，像我、靜子學姊一樣飾演兩個角色好像是常有的事。第一次登台得要飾演兩個角色，感覺很辛苦！

不，正確來說應該是友人Ａ、小混混Ａ和偵探三個角色，擔子果然更沉重了。

「恰好出來、恰好出來、恰好出來……」

說起來，我是不知道是社團裡的誰寫的啦！不過那個人把「花本」寫成了「花元」，我很想抱怨，但又說不出口，感覺真是可悲。

大離題了，總之在社團教室裡的人就是上述這幾位。沒看到擔任顧問的老師，我來的時候他還在教室，只是說了句加油後就早早離開了。

顧問是一位叫做桐生的數學老師，他同時也是園藝社的顧問。一開始好像是先做園藝社的顧問，今年開始才兼任戲劇社的顧問。

前任戲劇社的顧問似乎是一位非常優秀的戲劇行家，他退休後，顧問的位置便空了下來，所以在找到適合的繼任者之前，就先請桐生老師擔任臨時顧問。

據說桐生老師擔任顧問的第一天，就問過：「我雖然懂花卉，但對舞台劇是一竅不通，是類似歌舞伎的表演嗎？」讓戲劇社員大感茫然。他對園藝社非常認真，可是完全感受不到他對戲劇社的熱忱。

明明他就是一位在諸事上都很隨性的老師，卻不知道為什麼頗受學生歡迎，真是一大謎團。

在我翻閱劇本之際，排演仍在繼續，好一會兒演到劇本尾聲結束後，靜子學姊說道：

「今天就先到這裡吧！大家辛苦了。」

可是郁美學姊立刻表達反對：

「再練習一下吧！還有一些重要的地方不夠穩定呢！」

「郁美，看看外面吧！天色已經很暗囉！」

「可是……正式演出就快要到了……」

郁美學姊最後還是放棄了，但似乎仍對靜子學姊的決定抱有不滿。

社長顧慮社員，認為要讓他們舒適地成長茁壯，但副社長卻想要維護社團傳統及名譽，認為要更嚴格地排演。

事前我就從多希那裡聽說並瞭解了這件事，這兩人似乎從以前就經常在社團方針上起爭執。說起來，郁美學姊的個性就是如此，所以總是她單方面表示反對意見。

「抱歉，花本同學，難得妳願意來幫忙我們……」

市川顧慮到我，小小聲地說。風自敞開的窗戶吹了進來，拂動起他飄逸的髮絲。

「重要的正式公演就在眼前了，所以才這麼戰戰兢兢的，加上藍浦同學受傷沒辦法出演，又更……」

「市川學弟，服裝完成了嗎？」

這時，郁美學姊突然叫了他的名字，他像貓一樣抖了抖身子。

「對、對不起！還要再花一點時間……」

「沒什麼時間了，拜託你了！還有劇本也是哦！」

「好、好的！」

「那就這樣，大家辛苦了！今天落後的進度要在明天的排演補上喔！」

郁美學姊迅速說完，然後俐落地收拾起東西。

沒一會兒，我們就解散了。

*

這裡是一處建造在神田神保町小巷深處的雙層小洋房，爬滿常春藤的外牆、莊嚴的大門、茂密的庭園樹木，在某些人眼裡看來，是非常詭異的屋子。

從學校回來後，我搭乘市內電車在神田町前站下車，自行前往了這裡。

這幢洋房中住著某位作家。

「老師，你在嗎？」

敲了敲玄關大門，完全沒有反應，如往常一樣。我毫不介意地走了進去。

在昏暗的洋房中摸索著前進，當我踏出步伐那一瞬間，腳底沉入柔軟的地毯之中，彷彿要被拉了進去。

「你在吧？我知道哦！現在老師被截稿日期追著跑，非常辛苦呢！沒有空閒出門對吧？所以假裝不在也是沒有用的！」

我大聲說著，邊讓聲音傳遞到屋內的每一處，邊將手放上書房的門把，嘰地一聲打開了門。
縫隙間傳來書籍與咖啡的香氣，我開心起來。
「看～吧！你果然在！老師你聽我說啊！今天在學校……」
老師確實就在這裡。
隨性伸展的雙腿套著黑色的褲子，而襯衫外則穿著一件背心。
他是推理作家——久堂蓮真。
只見老師蹲在書房角落，手上拿著火柴。
火柴已經點燃了火。
他慢慢地將火苗靠近書櫃裡的書——
「哇——！老師你在做什麼！」
我慌慌張張地朝老師飛撲而去，呼——呼——地吹著氣，滅掉火柴。
「哎呀這不是雲雀嗎？妳來了啊？」
老師用毫無生氣的眼神望了過來，微微一笑。
「我正好要放火燒了這座屋子，妳先坐在沙發休息一下。」
「老師你在說什麼啊！」
他的情況明顯不對勁。他的人在洋房裡，但理智卻不在。

到底發生什麼事了？我正百思不解，就看到放在桌上的稿子。看了稿子一眼，我大致掌握了目前的事態。
稿子裡可以看到反覆修改的痕跡，上面還散亂著如藥丸一樣的咖啡豆。
垃圾桶中揉成一團的稿紙堆積如山，從中滿出來的垃圾也撒落在地板上。
是截稿日！只要截稿日一近，寫不出令人滿意的稿子，老師就會越來越不對勁。
「嗚哇——！老師，你振作一點啊！」
我啪啪地拍打起老師的臉頰，嘗試要讓他恢復正常。只見老師突然站了起來，抓住了我的衣領，就這樣把我像貓一樣拎了起來。
「囉唆！我很正常啦！只是下一部作品有燒房子的場景，我想要寫得更詳細一點，所以才想說試著在自己家點火而已。」
我被砰地一聲扔到沙發上，身體彈了兩、三次。
「請、請不要因為這種事就把自己家燒掉啊！」
「『這種事』是什麼意思！」
「我是很認真的擔心你耶！」
「少囉唆！快給我去泡咖啡！」
「不用你說我也會這樣做！」

從書房到廚房我邊跟他拌嘴，邊泡起咖啡。舌戰一如往常的一面倒，我被講得輸到落花流水，不過反正老師最後都會拜倒在我的咖啡下，所以我很用心地使勁泡出好喝的咖啡。

端著還冒著熱氣的杯子過去，老師便一臉不悅地接了過來。那是他一直以來的表情，我也沒有在意，立刻說起兩天前多希委託給我的事件，還有今天參加戲劇社排演的事情。

「啊哈哈！」

一聽我說完，老師立刻用手捂住臉大笑起來。

「妳去演戲？雲雀妳？去演戲？」

他看起來非常開心。

「我來斷言！那齣戲一定會成為傑作，我為妳蓋章認證！就蓋在妳的額頭上。」

「你這是什麼意思啊！不要壓住我的額頭！」

老師露出變態犯人般的笑容，用大拇指往我額頭上按。沒想到他會輕視我到這種程度！只見他用充滿活力的表情喝光咖啡，用力地把杯子放到桌上。

「而且還是小混混A和友人A的角色！太有趣了！好，我決定了！那場公演排除萬難我也要去！」

「咦咦？不、不行！不可以！你不可以來！絕對不行！」

事情展開出乎我意料，我雙手比出大叉叉，拚命想要阻止他這個想法。被他看到實在是太丟臉了！

「不錯哦那個表情！是認真厭惡的表情呢！仔細聽好了！我會在那一天以前就寫好稿子，無論發生什麼事都會去看正式演出！還會坐在第一排看！」

不過我的拒絕沒有用……

「嗚哇——！」

「然後呢？是什麼樣的戲？」

我明明就在努力地假哭，老師卻完全不客氣地問道。

「你還真的是興致盎然呢……不過算了！你看，這是劇本。」

我從包包裡拿出《花妖愛娜溫的獨白》劇本，讀起開頭的台詞。

「我是一個自私自利、不尊重友情的差勁女生。」

＊

第一幕從主角——采的獨白展開。

背景是大正時代的日本。

平民家的孩子——飛鳥井采在經過一番苦讀，進入了高等女子學校。采的雙親在她年幼的時候就已經過世，她則被遠親飛鳥井家收為養女扶養長大。

花妖愛娜溫。

采的許多同班同學都以輕蔑的語氣如此稱呼她。

所謂的花妖愛娜溫，在自古以來的傳說中是德國一種名為曼陀羅草的亞種植物，據說「專司竊盜的女性所生下的孩子在遭受處刑時，其刑場便會生出花妖愛娜溫」，經常會在傳說或童話故事中登場。

采的父母在生前曾經因為竊盜而遭到逮捕，這是采出生之前的事情。

不知道傳聞從何而起，采入學後又過了一陣子，這個傳聞便四下傳播開來，從此之後，她就被人私下議論是小偷的孩子。

她向養父詢問親生父母時，養父也難以啟齒似地說起她的雙親，確實在很久以前，曾經偷過別人的東西。據說當時已經懷了采，但經濟實在困頓拮据，最後才偷了人家的食物。

因為這件事，采便被人取了個「花妖愛娜溫」的蔑稱。

或許她是在牢獄中誕生的呢？

采的心裡甚至也鑽起了牛角尖。

采每天都會被同班同學欺負，而她輕輕鬆鬆就可以把書念好，也是被欺負的原因之一。

她所使用的文具、課本遭到丟棄，在校園旁她栽植的一盆重要盆栽，也被人弄破了。

這些欺負手段漸漸也波及了采唯一要好的朋友，並因而受了傷，從此之後朋友便經常性地不來學校。

即使這樣，采依然繼續忍耐，每天努力地勤勉讀書。

她的同學中有一位眉目秀麗的貴族之女，名為蜂院葉月。葉月因為家世的關係，在班上也是備受尊崇。

她並沒有對采出手，不過卻並不是因為溫柔、同情而沒有動手，只是單純沒有將庶民的孩子放在眼裡罷了。

總之，葉月是一位與采完全處在兩個極端的少女。

有一天，采在放學途中看見了葉月。

葉月被惡形惡狀的男人纏上，堵在牆邊。采迅速救出了她，在城市中狂奔逃竄。

采一問，才知道葉月怎麼等都等不到來接她的汽車，想說今天就走路回家，卻走進了不熟悉的小巷，迷了路，最後才被壞人糾纏上。

采向她說明這一帶治安並不好，可是自小便是溫室花朵的葉月卻不太瞭解。

很不巧地此時卻下起了雨，兩個人都沒有帶傘。

采的家就在距離這裡不遠之處，無計可施之下，她只能帶著葉月一同回家。

葉月一開始充滿戒心，非常鄙視貧窮的采的生活，但漸漸瞭解庶民的玩樂方式及食物後，態度也緩和下來。從那天起，葉月便常常偷偷地跑去采的家裡玩。

采為葉月補習課業，葉月則幫采整理出好看的髮型。

這時候，她們兩人已經培養出深厚的友情——

「到這裡為止是故事前半段……喂！你有在聽嗎？」

我從劇本中抬起頭來，就看到久堂老師不知何時已經回到自己的桌邊寫起了稿子。

「我有在聽啊！就算只是單純朗讀劇本，雲雀念起來也非常有趣啊！無論是怎樣的悲劇，一定都可以變成喜劇的！這也算是一種另類的才能呢。」

又把我當笨蛋！我正想要這樣回話，老師卻似乎發自內心地感到欽佩。

抱膝坐進沙發的角落裡，從這裡望著老師的背影。老師的桌子那裡傳來很香的墨水味，聞起來很是舒服。

就在這時候，老師頭也不回地說了：

「喂！不要在那裡發呆，接著念下去吧？」

看來他好像很在意後續。

飛鳥井采在學校一直都被欺負，可是回到家裡，就會笑著與住附近的居民互相打招呼，笑得非常開心。她並沒有憎恨這個世界，沒有垂頭喪氣、灰心喪志，而是努力過生活。

就算很貧窮，她依然愛著養育自己的這座城市，也非常珍惜自己的養父母。

采的堅韌、開朗也傳遞到葉月身上，沒多久，她便開始平等地對待采了。

兩人互相分享了很多事情。

其中像是葉月提起了五年前結束的第一次世界大戰與西班牙流感，希望自己身為蜂院家的一份子，可以為社會提供一份心力。

葉月這種與自己截然不同的廣闊視野與高度意識，讓采大感佩服。

她們的友情日漸深厚，而某天，葉月送給了采一套與自己一樣的洋裝。

接著她又邀請采參加蜂院家近日即將舉辦的宴會，葉月表示，希望可以邀請朋友到自己家裡來玩。

采雖然覺得自己與繁華的宴會並不相稱，可是耐不住葉月強力邀請，還是參加了。

她穿著洋裝，讓葉月為她化了人生中的第一次妝。如此一來，采與葉月兩人都美得讓人移不開目光。

當然她們的美麗，也吸引了參加宴會其他客人的注意力。就這樣，采在宴會上邂逅了與蜂院家齊名的艷小路家長男——有文。

可是，有文從小就是葉月的未婚夫。

轉折由此而生，他們發展成了三角關係，葉月也漸漸地疏遠了采。

「劇情急轉直下！要進入戀愛情節了！」

「雲雀，再來一杯咖啡。」

「……好、好。」

奪走好朋友未婚夫的小偷之女。

采被周圍的人蓋上了這個烙印。

背後遭人指指點點，罵她果然是小偷的孩子！是花妖愛娜溫！

有文想要澄清這個過份的流言，於是立刻向自己的父母表明心意，說明自己的真心，並表示自己並不是一時的意亂情迷才向采求婚。

他希望可以取消與葉月的婚約，與采結為連理。采的養父與高采烈地想著可以翻身，采卻對這個突然出現的男人沒有感覺，無法接受他的求婚。當然發生這件事之後，她對葉月更是覺得愧疚不已。

采非常困擾，她原本就是為了勤奮讀書、成為獨立女性，才進入高等女子學校。如果於在學中結婚，當然就會被退學，這就與她的本意相悖了。

可是她能夠上學，卻也是養父一肩挑起了經濟壓力。

是要結婚後進入上流階層的世界，還是留住與葉月間的友情、獨立自主、留在學校——采陷入了人生的抉擇。

「接、接下來到底會發生什麼事呢？」

「妳不是讀了劇本好幾遍了嗎？」

「說起來好像是這樣呢！」

「……妳這傢伙……」

就在她煩惱求婚一事時，卻突然在養父的桌上發現了借據——那是自家無法輕易償還的高額數字。

她詢問養父母，養父母才說當初是不想讓她擔心才一直沒講，這樣下去，他們或許哪一天就會被趕出這個家，她也沒辦法再繼續讀書了。養父母哭著向她道歉。

她想了又想，最後終於決定接受有文的求婚。

只要結婚，就可以還掉這筆借款，之後也不會再給養父母添麻煩。當然采自己也對繁華的世界很憧憬。

可是，艷小路家與蜂院家卻沒有對有文的舉動保持沉默。

有文的父親告誡自己的兒子這只是一時的迷戀，而葉月的父母也每天說服有文與自己的女兒結婚。

即使采、有文兩位當事人決心結婚，但周圍的大人卻不會輕易地認同——葉月自然也是。

雖然他們是雙方父母訂下的未婚夫妻，但葉月卻喜歡有文。

就這樣，葉月與有文的婚約慢慢地被迫發展下去，采完全陷入了孤軍奮鬥。

不知什麼時候開始，學校四處都在議論這個話題。

與葉月的友情大概無法恢復到從前了吧！采這麼想。

這一天，采來到學校，卻沒看見葉月的身影。

接著在正中午前，發生了一場大地震。

關東大地震。

校舍崩毀了一半，建造得極堅固的正門也悲慘地塌了下來。

城市一瞬間變得滿目瘡痍。

滿身是傷的采，倉皇失措地回到家中，可是家卻已經倒塌了，在現場無法確認養父母的安危，只在瓦礫下找到葉月送的那件洋裝，早已經破爛不堪。

到了現在，只剩下它是采與葉月間友情的象徵了。看到這件洋裝，采格外地想見葉月。

葉月沒事吧？

采珍惜地抱著洋裝，去了葉月的家，可是葉月不在。一問之下，才知道她從昨晚就發起高燒，在上午搭著汽車前往醫院了——在途中遇上了地震。

城市陷入一片混亂，采邊撥開人潮邊前進。

離醫院極近的一處山丘上，她看到了一輛傾覆的汽車，汽車被倒下的電線桿壓在下面。

她跑過去一看，車內是已經昏迷的葉月。

整根電線桿幾乎要將汽車壓扁，完全動彈不得，加上隔壁房子延燒而來的熊熊火勢，危機迫在眼前。

這時候，采站在了分歧的道路上。

幫助葉月、拒絕有文的求婚、選擇與葉月之間的友情，又或是放著葉月不管、握住有文的手、選擇富裕的人生。

采毫不猶豫地幫助了葉月。

也因此，采的臉上受了燒傷，這也成為了決定性關鍵，使得她與有文的婚事破局。

一年後——葉月與有文結婚了。

而蜂院家及艷小路家之間的關係越發緊密。

葉月向有文和父親建議，希望將財力使用在震災振興上，為城市復興提供了很大的貢獻。那時候葉月對采所說過的那番話，她實踐了。

以葉月的身份是可以辦到的，如果是她一定會這麼做——采一直這麼相信著。

所以她救了葉月。

然後她只要燒傷自己的臉，有文也會取消求婚吧！這樣一來，就不會讓葉月難過了。

因此她刻意燒傷了自己。

接著，采又再次說了一次第一幕的台詞。

「——以上就是我的獨白，我是一個自私自利、不尊重友情的差勁女生。」

最後，時光流逝——

*

說完故事後，我闔上劇本，望向久堂老師。老師仍然背對著這裡，面朝稿紙。

他真的有仔細聽嗎？可是要我問他又有點拉不下臉，所以我決定放著他不管，自己在沙發上用力伸了個懶腰。

「女孩子可不好用貓一樣的姿勢伸懶腰啊！」

「呀！」

完全被看到了！

「幹嘛啦！不要管我嘛！先別說那個了，這個故事在小說家的老師眼中看來如何呢？」

「真是困難的問題啊，小說和劇本不同呢！」

不是那個意思，我其實是想問他有沒有從這個故事裡感受到什麼與詛咒連結的不祥印象。

「這兩者不一樣嗎？」

不過我也有點在意這一方面。

「不同呢！尤其是舞台劇的劇本，必須得在時間限制內配置好必要的場景和台詞，所以台詞呈現、整體結構，都變成得要透過與小說不同的視角推敲琢磨。花費了幾千張稿紙的故事，要我直接花個十小時看舞台演出，這完全就是拷問。」

這樣無論是觀眾還是演員，好像都會很辛苦呢！

「現在我這一段很長的台詞，如果要改編成劇本，就得要大幅縮短才行吧！當然得要完全呈現出同一意義哦。小說有小說的詞彙，戲曲也有戲曲的詞彙。」

「原來如此，誰叫老師說的話一直都非常誇張又繞圈子嘛……哇！」

我說著玩笑話，沙發就被掀了起來，下一瞬間劇本便蓋到我的臉上。

「說起來，妳說的話總是很單純又滑稽呢。」

老師立起椅子，從我的臉上撿起劇本，望向封面——他是在看印在上面的劇作家名字。

「不破豆凱薩……不破豆念作Ｆｕｗａｚｕ嗎？是學生寫的吧？先別管故事好不好，只感受到還沒學會完美戲劇作法的年輕作者印象呢！」

在老師這麼說的同時，我奮力地將沙發挪回原位，就像一位拚命把倒下來的拖車翻回正面的農夫一樣。

「真是個奇怪的筆名呢！順帶一提，這個故事是在好幾十年前寫出來的哦！社團教室不知道哪裡還留有當時的日誌，不過好像東西太多，所以沒有找到，也不知道確切的年代還有作者的身份。」

這是一本充滿謎團的劇本，不過不知何時開始在明尾高中戲劇社中，便成為了如同傳說般的劇本。

「有可能作者已經不在世上了，而他的怨念引起了不祥的事情……之類的呢？」

我說到一半便止住了嘴。

——不知道是誰從背後推了我。

多希也有這麼說，加上以我偵探的立場來看，在相信詛咒前，首先應該要考慮是現實中的誰所做的事，然後進行推理才對。

「Fuwazu凱薩……Who was Caesar……嗎？」

老師低聲說道，將背靠在書櫃上，接著將視線落在劇本——問道：

「這個劇本，最後那一頁到哪裡去了？」

「啊，你發現到了嗎？」

「不要做這種測試人的行為，小心我叫妳用肚臍吃烏龍麵喔！」

「快住手！」

我雙手護著肚臍，站到老師身旁。

「最後一行寫著『最後，時光流逝』，這種很不乾脆的爛尾方式很不自然，而且劇本最後還留了一頁份的空白，應該還有後續呢！」

我挺直身子，指向劇本最後一句台詞。

「其實這本劇本的原本只保存了一本，應該一直收在社團教室櫃子的深處，可是為了這次演出找出來一看，卻只有最後一頁被弄破了……」

畢竟原本很舊了，或許是因為某種契機破損後不見了也不一定，又或是也有可能是以前戲劇社的社員惡作劇弄破的。不管原因如何，沒有的東西就是沒有。

「戲劇社的社員們也不知道結局，好像很困擾。因為沒有知道當時事情的老師，雖然也有人提議可以調查名冊中二十年前的戲劇社社員住址，直接去詢問，最後好像也是因為情況難得，決定靠自己力量創作出全新結局加以發表……然後現在上面有印著自告奮勇的那個社員，就是叫做市川的那位同學。」

大家似乎有些驚訝平常畏縮消極的市川竟然會舉手，不過好像也感受到他的熱忱，所以才決定把這個工作交給他。

「那位同學本來是負責服裝的哦！可能是因為這樣，到正式公演前沒幾天了，他還沒有想到令人滿意的好點子，現在非常煩惱。」

要為非比尋常的傳說劇本加上新的結局，對外行人來說很辛苦吧？在聽到這件事時，我很佩服他竟然有勇氣攬下差事，事實上說不定只是因為郁美學姊她們強硬的命令，才讓他拒絕不了的也不一定。

「今天他也被副社長催了。」

「就像作家和編輯一樣呢。」

這時，我突然起了好奇心，歪了歪頭。實在是太過在意，我使勁拉了老師的袖子，問道：

「那個，我順便一問，如果是老師的話，會寫成怎麼樣的故事結局呢？」

「……嗯……」

聞言，老師的手撫著下巴，出乎我意料之外地開始認真思考起來。滴滴答答的指針聲響在房間內迴盪。

我學著老師把背靠上書櫃，靜靜地等待。就在我猶豫著要不要鬆開抓著老師襯衫袖子的手指時，老師露出特別開心的笑容，轉向了我。

「如果要呼應開頭采的獨白，首先就要讓采殺掉葉月。」

「欸？」

我忍不住跳了起來，老師卻毫不在意地說了下去。

「采因為地震時的火災臉上有燒傷，偽裝成別人潛入艷小路家當僕人，然後殺害葉月——這是一齣復仇劇。發洩自己的怨恨，奪去貴族的財產！然後就這樣直接落幕。」

「這是什麼絕望的結局啊！早知道不問你了！這樣完全搞不清楚是花妖愛娜溫的獨白還是**毒白**了嘛！」

在說這種暴虐殘忍話題時竟然最有精神，這個人徹頭徹尾就是個變態作家！

「不過該如何殺掉葉月，還有又要怎麼樣才能讓采逃脫嫌疑……必須要想一想有沒有什麼詭計可用……設定上采和葉月都有一件一樣的洋裝呢，只要好好運用……」

變態老師又在一個人自言自語，似乎是正發想到興頭上，又或是認真地想要把結局塑造成推理小說。

「好了啦！可以了！老師請去寫你自己的稿子吧！」

我邊用力地推著老師的背，邊嘆了口氣。

結果，我還是沒有問他該如何以偵探的身份去面對愛娜溫的詛咒。

*

「采，這件洋裝送給妳！」

「咦？這麼貴的東西？不行啦！我不能收！」

「為什麼？」

「如果我收下它，一定會被其他人說我是偷的嘛！一定會有人說『看！她果然是小偷的孩子！』」

「我不會允許那種事發生的！而且沒問題的，我還有一件一樣的洋裝哦！我們穿一樣的洋裝，穿著它去參加宴會。」

「宴會！那真是……那真是……」

「像作夢一樣？」

「嗯！這一定是作夢！啊，快點叫醒我吧！葉月，這樣不好，我不可以去那麼盛大的場合！」

「沒問題的，妳很漂亮哦！而且，想邀請自己最親密的朋友參加宴會，是那麼不好的事情嗎？」

「朋友……」

「是朋友哦！」

※幕落

第二章　無法不這麼做的人們

隔天，我也出現在戲劇社，從一大早就開始排演。

社員們包括我，依據不同場景不斷地進進出出，走到教室中間演戲。這段期間，大河內就在教室角落鏗鏗鏘鏘地揮動槌子，製作舞台用的佈景。這些佈景就是立在舞台背景用的大道具。建築物、樹木等畫好圖後立起來，或是使用木材實際組合完成。

負責服裝的市川則在他旁邊縫製衣物。

今天早上才一看到他，就聽到郁美學姊催著服裝進度。大部分角色的衣服都已經完成了，就放在旁邊的道具間保管，好像唯有那件葉月送給采的重要洋裝還沒有做好。

碰、碰、碰、碰、碰——

大家的台詞伴隨著槌子痛快的聲響傳遍教室。

我也以不輸其他人的努力，演繹著友人Ａ。

「小采，如果我再繼續跟妳玩……我也……會被欺負得更慘啊！之後請妳……不要太常跟我……說話……」

「停！」

但是就在我說著台詞時，郁美學姊喊了暫停，然後迅速走了過來。

「花本同學，妳這不是演得比昨天還糟嗎？為什麼會這樣呢！」

「就算妳這麼問我……」

我雖然有打算盡力……台詞都全部都背好了，剩下就是單純演技、表現力的問題了吧？

桐生老師難得在看排演的狀況，他說：

「花本，妳的角色是還在學說話嗎？」

「才不是！」

他似乎是發自內心地如此認為，不是刻意這麼問的。

「總之，加油啊！」

說完，他就搖晃著那打得一點都不整齊的領帶，走出了社團教室。雖然他應該還是二十五歲左右，可是卻感覺不到所謂的「年輕」。

友人A的戲份結束，我下台走到教室角落，接著學習、觀察郁美學姊與喜和子如何對戲。代替多希上場好好演出雖然也很重要，不過我還身負著使命，要揭發並阻止花妖愛娜溫的「詛咒」的真面目，所以不能疏於觀察教室、社團社員與蒐集情報。

可是我昨天、今天都參加了排演，迄今仍沒有發生讓人覺得像是詛咒的詭異事件。如果可以就這樣平安無事地展開公演是最好，但——

「怎麼樣？稍微習慣了沒？」

在我深思時，坐在旁邊的鮎里問我。她的聲音輕亮悠揚，與她那帶著憂鬱的美麗臉龐十分相稱；她的坐姿也與我粗魯的抱膝不同，是雙腿斜躺的優雅姿勢。

只見她歪著頭，那美麗的黑髮便沿著肩膀滑落，清爽地落在胸前，我忍不住看得入神。

「拖了大家後腿，真對不起。」

我才說完，鮎里便有些誇張地大加否認：「沒有這回事啦！」她那頭長髮也跟著藝術性地搖動起來。

她的美貌及演技很早就在學校受到關注，過去校報還曾經報導過她。

『欣賞鷹峰鮎里的演技，每個人的心境就彷彿能夠尋找到屬於自己的美麗花朵。』

報導中是這樣介紹的：她的美麗或許已經是眾所周知了，但所有人都很不可思議地以為全校唯有自己注意到鮎里真正的魅力。原來如此，這種心情我也不是不懂。

鮎里就是那朵花——不是街角花店所販售的花，而是在神祕深山中偷偷盛開、有些寂寞、有些憂鬱的、孤高的花。

「多希受傷真的很讓我們困擾呢！所以我很感謝花本妳立刻就說要代替她出演，副社長一定也這麼想的！」

「只是我一直被罵……」

「她就是那樣的人嘛！很認真的，努力想要在她這一代讓戲劇社再一次登上顛峰。」

在教室中間排演的郁美學姊拿下眼鏡，伸了個懶腰，便完全進入了貴族大少爺——有文的角色。雖然她身上仍然穿著女學生制服，但她的一舉一動看起來都像個男人，真是不可思議！

「妳說登上顛峰……但戲劇社不是已經很有名了嗎？」

校長室的前面放了許多迄今為止各社團所獲得的獎盃及獎狀，其中屬於戲劇社的也非常多。

「那是好幾年前的事情了！這幾年不但離大獎很遠，也不太常聽到畢業生的喜訊。內部實際情況很辛苦，大家都感覺到危機了呢！」

「原來是這樣啊……」

我完全以為戲劇社堅若磐石。

鮎里把下巴靠上膝蓋，彷彿自言自語般地說：

「事到如今，又加上前任顧問磯貝老師退休……」

據說退休的磯貝老師自己在大學時也參與了演戲，是知識、經驗都很豐富的人，長年來拉拔著明尾高中戲劇社。戲劇社的光榮歷史中，磯貝老師應該功不可沒吧！這樣一想，他的離開對戲劇社的傷害就很大了。

取代他工作的卻是完全不同領域、加上似乎不帶絲毫幹勁的桐生老師，郁美學姊會感到危機與焦慮也是沒辦法的事。

「光是社員人數就顯現出戲劇社衰退的情況了吧?表面上雖然說是因為只接受真正有熱情、有實力的人入社,採少數菁英制,實際上卻是申請入社的人越來越少。入社考試很難也是事實啦,但比起那個……」

「鮎里同學是指什麼呢?」

「妳不用對我那麼客氣,我們是同年級嘛!」

說起來確實如此,鮎里和我都是二年級,所以說起話來不用太客氣。

她的脖子上有一個看起來很成熟的痣,顯得頸部更是白皙。

很成熟的痣——確實是有這種形容,因為痣有許多種類。

至少在我眼角那顆痣就不是那種很成熟的痣。

「抱歉,因為鮎里同學太像大人了,忍不住就……」

「哪有那種事,不要跟我客氣,當好朋友吧!小雲啵。」

「小雲啵……」

沒想到這個綽號竟然會在私下流傳開來,不能對多希太大意……

「不行嗎……?」

被那樣溫暖又濕潤的美麗瞳眸望著,我無法開口拒絕。

「黏里，妳和多希感情真好啊！」

「對啊！我們從一年級開始就是朋友哦！那時候我很內向，交不到什麼朋友，不過多虧多希找我講話，我才能夠融入班級之中。」

我實在無法相信會在很多人面前毫不畏懼演戲的黏里，以前竟然是一個內向的人。我很坦率地這樣說，她便有些古怪的笑了。

「對啊，很奇怪吧？可是從以前開始，我就只有演戲的時候很神奇地心情平靜呢！感覺完全進入角色後，自己就不再是自己了，什麼都不會去在意了。」

「好厲害呢！妳說從以前開始，所以很小的時候妳就有在演戲了嗎？」

「對啊，是我媽媽的影響……」

「該不會……妳媽媽是演員嗎？」

「呃……嗯。」

黏里含糊一笑，輕輕點點頭。

我用力地抱住雙腿，啪噠啪噠地踩著地板。

「演員的女兒！天生的演員！好帥氣啊！」

黏里紅了臉頰，露出有些困擾的神色。

「不、不要說了，很不好意思耶！」

真是可愛的表情。

「抱歉，我有點太激動了！」

我捂住嘴道歉。

老師也經常說：「雲雀有些地方很庸俗，是個膚淺的笨蛋。」我忍不住冒出了壞習慣。

就在反省之時，一個捲了線的梭子咕嚕咕嚕地滾到我們腳邊，鮎里溫柔地撿了起來，向丟了梭子的主人說：

「市川，這個掉了。」

聞言，市川停下腳步。他用雙手拿著製作服裝用的工具，正打算走過我們眼前。只聽他道了句抱歉，從鮎里那兒接過線，然後又說了謝謝。

「做衣服好像很辛苦呢，如果我也能幫忙就好了。」

鮎里貼心地說，市川搖了搖頭，似乎是在說此事並不可行。

「鮎里妳得要集中在演戲上，幕後就交給我跟大河內吧！我們會努力工作的，尤其是大河內，他似乎正想用大道具製作什麼有趣機關呢！」

說完，他似乎對自己所說的話感到害羞，往另一邊走遠了。應該是又回去做衣服了吧？

「有趣的機關會是什麼呢？」

我問鮎里，她先說了句：「我猜……」然後才又接道：

「他應該是在構想祕密機關，配合故事展開改變佈景吧！他說因為紙道具或佈景只是立在臺上很無趣。也就是說這也是演出的一環哦！」

「好專業！」

雖然我沒辦法具體想像，不過總覺得很厲害。

「接下來，鮎里的戲！」

恰好此時郁美學姊叫了鮎里，她低聲說了句：「抱歉哦！」才站了起來，回去排演。

完全投入角色中，感覺到自己不是自己；母親是演員，從小就開始練習演戲——我覺得，鮎里就是為了成為演員而存在的人。

喜和子與她擦身，坐在我的身邊，她是飾演另外一位主角——葉月的戲劇社之花。

喜和子與鮎里不同，渾身散發著全神貫注的氣質。我正想著如果跟她說話會不會妨礙到她，她卻很乾脆地向我搭話了。

「已經不做了哦！」

她直直地望著前方，用手帕擦著額頭的汗。

「……啊？」

因為搞不清楚她在說什麼，我的反應慢了一拍。

喜和子抬起下巴指了指鮎里，鮎里正在配合大大的肢體動作說著台詞。

「那個人的母親，已經不做演員了。」

「啊……是這樣的啊……」

我沒想到這是在接續我與鮎里之間的對話，因為剛剛講到一半我不小心高聲起來，所以連喜和子也聽到了吧？

「抱歉，我太吵了！」

「沒關係。」

我忍不住道歉，不過喜和子卻似乎並沒有特別在意。

她與鮎里相比之下，給人比較堅強、有些冷淡的印象。只聽她毫不介意地繼續說下去。

「她的母親也是這所學校的畢業生呢！雖然這是二十多年以前的事情了，似乎也是加入了戲劇社哦。」

「母女兩人都是明尾高中戲劇社社員啊！」

在戲劇社悠久的歷史中，會出現這種情況也是很正常的。

我家是父親經營的咖啡館，不是我護短，他泡咖啡的技術非常不錯。據說在我小時候就過世的母親好奇心很強烈，只要發生不可思議的事件，就會習慣性地插手，然後做出各種推理。

我從這樣的父親那裡繼承了泡好喝咖啡的技術，又從母親那裡繼承了推理的癖好。就像我一樣，鮎里或許也從她母親那裡繼承了演技吧！

我一邊與自己對照想著這些事，一邊不以為意地問喜和子：

「那麼她媽媽引退是因為結婚之類的原因嗎？」

「不是哦！是在演員的道路遇到挫折了，我是這樣聽說的。」

「咦……？」

超出我想像的陳述，讓我頓時說不出第二句話。

「似乎是當過一陣子的職業演員，不過好像持續得並不久。」

如果這就是真相，那麼剛剛鮎里那模糊的笑容我也可以理解了。就算我不清楚內情，但也有點太沒神經了吧！

喜和子用手帕捂住嘴，目不轉睛地凝視著鮎里。鮎里在後腦杓高高綁起的頭髮就如同高雅的馬尾巴一樣，後頸那些綁不上去的頭髮下也閃耀著汗珠。

「那個……喜和子同學的演技也很好呢，妳從以前就有在演戲了嗎？」

我問道，經過了如我預料般的片刻沉默後，她開口：

「喜和子。」

「咦？」

我又搞不清楚她在說什麼，不禁回問。

「不是喜和子同學，叫我喜和子。」

她用著冷淡的表情，向我提出了格外可愛的要求。
「因為我都叫妳小花本。」
「小花本……」
喜和子心中似乎已經決定要這樣叫我了。
「欸，小花本，妳是什麼人？」
她突然丟來一個讓人無法大意的問題。
「妳……妳就算問我我是什麼人……」
「多希突然推薦毫無經驗的妳實在很奇怪呢！實際看了妳的演技也很不好，所以我想背後一定有什麼原因。」
好敏銳！但是調查詛咒這件事必須要保密才行。
「所以說，我的演技果然很糟糕嗎……？」
「嗯，很糟糕。」
她真是個率直的人……
「小花本的演技，就像是九官鳥在模仿胡亂說著歌舞伎台詞的三歲小孩講話一樣，很特別。」
而且她還有著異常的想像力。

或許喜和子與外表看起來給人的印象不一樣，實際上是個蠻愉快的人呢！

「我也是小時候就開始演戲了，雖然不是像那個人一樣是演員的女兒。」

話題突然一變，讓我猶疑了一下，再仔細一想，才發現她原來是在回答我剛才提的問題。

總之，她就是個很任性自在的人。不過，如此自由的人從小直到現在都不斷地徜徉在演戲的世界裡，果然那個世界有著特別的魅力吧！

「喜和子和鮎里……不，社團大家的演技都很厲害，讓我看得目不轉睛，果然大家都很熱情地在參加社團活動呢！」

戲劇社的所有人一定都很著迷於演戲和佈置舞台吧！正因為這樣，光是在一旁看著就動人心弦。聽到我說的話，喜和子的臉色卻變也不變。

「誇獎別人之前先罵罵自己吧！如果妳至少有想要進步的話。」

這真是非常中肯的意見。即使是代替別人演戲，現在的我卻也是戲劇社的一員了，可不是著迷於大家的演技的時候。

我咀嚼著喜和子說的話，重新立下決心，突然就看到她的手伸到我眼前，上面放著一顆用漂亮包裝紙包起來的糖果。

「這是剛好放在口袋裡的東西。」

喜和子依然面向著前方，完全沒有望我一眼。

「咦？」

一瞬間我搞不懂她這個舉動是什麼意圖，視線來回望著眼前的糖與她的側臉。

「所以我這個喜和子是想要把這顆糖送給妳啦！」

她這麼說，然後自己打開了包裝紙，取出了糖果。

「來，張開嘴，說『啊～』啦！快點！」

「什、什麼啊到底……」

「糖果很甜哦，快聽我的。」

「咦咦？」

收回前言，她不是蠻愉快的人，是非常怪的人。

事件發生在早上排演結束後，正要回到教室之時。

靜子學姊正要將道具間的門鎖上，卻被鮎里叫住了。鮎里道：

「我可以去澆一下水嗎？這幾天都是交給大河內，所以……」

到正式公演那天為止不是只需要排演而已，也必須準備服裝、小道具等等。負責這些事情的是男社員大河內與市川，而他們製作出來的東西，就放置在社團教室旁邊的道具間裡。

靜子學姊馬上理解過來，於是把路讓給了鮎里。

「沒關係，去吧。」

「謝謝！」

她拿起放在教室角落一個小小的馬口鐵澆花器，走進了道具間。

「到底是什麼事啊？」

我問向身邊的郁美學姊，她露出了有些無措的表情。

「妳……被我痛罵成那樣，還可以一臉滿不在乎地問我問題啊……」

「咦？不可以嗎？」

我不是很能理解她想要表達的意思，所以又再問了一次。不過，郁美學姊卻沒有回答我。

「……鮎里是去幫盆栽澆水啦！」

「啊！妳這麼一說，確實有盆栽。」

我想起最開始說明的時候有經過一次，窗邊放著一個盆栽。

「是大波斯菊哦！」

「是演戲用的小道具。妳看，主角采設定裡種植的盆栽。」

就在附近的大河內接在郁美學姊之後告訴我。靠得這麼近重新一看，他果然很魁梧，完全不像是一年級……不，不像是個高中生。不過看起來這樣，他的手藝卻很不錯，似乎就是靠著獨具技術的大道具、小道具，他才得以進入戲劇社負責道具製作。

「雖然製作假的也可以，不過既然如此乾脆用真正的盆栽，才可以在戲裡增加真實感呢！就是這樣，所以才借用鮎里家裡平常種的盆栽用在舞台上。」

原來如此，就連這種細節也很講究，或許這正是明尾高中戲劇社吧！

「當然故事裡要破壞盆栽的一幕裡有準備複製道具……」

就在這時，道具間裡傳來了鮎里急促的驚呼。

我們驚訝地互望一眼，然後立刻奔入隔壁的房間。

「怎麼了嗎？」

道具間最裡面有一個小小的置物櫃，前面堆了幾個瓦楞紙箱，過去戲劇所用的各種小道具放在裡面，積滿了灰塵。另外還放著折疊梯、槌子和鋸子等製作大道具所需的各種工具。

鮎里在窗邊，悲傷地顫抖著身子。

「花……花……」

她的視線方向有一個盆栽，而這個盆栽有一半被窗簾遮住。

大河內走向前，掀起了窗簾。

「盆、盆栽怎麼……」

盆栽破了。

窗簾的另一頭，窗框上那大波斯菊的花盆殘忍地碎裂開來，裡面的土散亂在四周，而鮎里照顧的那株白色波斯菊正傷心地橫倒著，纖細的根也暴露在空氣之中。

我一瞬間想著該不會是鮎里錯把盆栽給弄破了，但是看到她的表情，我立刻認為並非如此。她的表情看來並不是自己失誤打破，況且剛剛聽到的只有鮎里驚呼，沒有聽到盆栽破掉的聲音。

郁美學姊的聲音慌亂起來。

「誰？是誰做的？」

她才剛說出口，就露出了後悔的表情。那應該完全就是反射性的發言吧？

現場籠罩著冰涼的空氣。

不久，郁美學姊尷尬地更正道：

「市、市川，大河內，你們在排演中有進來道具間吧？那時候有發現到花盆破了嗎？」

被問及的兩人互相對看一眼，然後搖了搖頭。

「把道具拿出去的時候雖然有進來一次，不過沒有特別注意去看。盆栽放在窗邊，而且還是放在窗簾的外面，所以……」

大河內如此證言，市川也跟著說：

「我也沒發現……那個，會不會是被風吹動的窗簾撞上盆栽，然後自己掉下來破掉……」

還沒說完，他就住了口，看來他應該也注意到不可能有那種事。

窗戶關著，窗簾不可能被風吹動，花盆碎片在窗框上，可見不是掉下地板才破掉。

「這樣的話……果然是有什麼人……」

大家不斷反覆地議論著，我靠近過去，朝花伸出了手。

仔細地調查過後，我發現一件事。

「那個……這朵花，還活著哦！」

我說道，鮎里最快反應過來。

「真的嗎？」

「嗯，沒問題，莖好像沒有斷。」

「這樣啊……」

聽了我的話，她稍微恢復冷靜，表情有些和緩下來。可是即使這樣，她好像仍然不知道該怎麼做。

市川似乎看不下去，從鮎里手中接過澆花器。

「這、這樣的話，就要趕快讓根部濕潤，只要澆水一定就沒問題了！」

「嗯嗯，小心不要折到哦！」

我也跟著贊同他的意見，點了點頭。他盡量以大波斯菊的根部為中心將散落的土聚集起來，然後在上面澆上少量的水。

「但是如果沒有可以換的花盆……」

鮎里抱著自己的手臂，不安地說。就算是這種時候，她的美麗依然讓我為之屏息，簡直就像是在幽暗森林中落下提燈而迷路的公主一樣。那從窗戶進來的晨光宛如完美的照明似地沐浴在她身上，彷彿是舞台上的一景，如同畫作一般。

鮎里說完，靜子學姊便道：

「有園藝社！如果是那裡應該至少有個花盆吧？去跟桐生老師商量看看。」

「對啊！我、我去找他！」

大河內立刻挺身接下這個任務，往園藝社的社團教室走去。目送他遠去後，靜子學姊溫柔地將手放上鮎里肩膀，讓她坐在旁邊的椅子上。此刻，適才不平靜的氣氛穩定了幾分。

我拿起立在置物櫃旁邊的掃帚，清理散落在窗框和地板上的花盆碎片和土。見狀，市川也默默地拿來了畚箕。

向他道謝後，他小聲地說：

「花本同學，妳有發現嗎？從花盆裡倒出來的土……」

我點點頭，用手指摸了摸掃進畚箕裡的土。

「嗯，已經乾了。也就是說，這個盆栽破掉已經過了很久了呢。」

「對啊！所以……」

「犯罪時間可能是昨天下課後結束排演，我們回去之後的事情。」

「社團活動一結束，鑰匙就要還到職員室，犯人是從那裡偷走鑰匙的嗎？」

市川愁眉苦臉地盯著土。

正如他所說，無論是什麼樣的社團，只要在下課後結束活動，鑰匙都得要還到職員室去。若要說犯罪可能時間，就是今天早上靜子學姊去拿鑰匙之前的這段期間，有什麼人偷偷從職員室把鑰匙偷出來，進入了道具間。

「但是鑰匙可以這麼輕易就偷出來嗎……？」

我皺起眉頭嗯地沉吟起來。

就在這時，市川用著彷彿是在觀察著四周般的聲音說：

「該不會……這是……」

其他人好像也聽到了他的聲音，靜子學姊和黏里慢慢地抬起頭。郁美學姊手扶著眼鏡，望著窗外，表情不得而知。喜和子露出了並沒有那麼在意的表情，優雅地眨了眨眼。

我對市川想要講的事情已有預感。

因為我也想到了同樣的事。

「這會不會是花妖愛娜溫的詛咒……」

盆栽在詭異情況下碎裂，而且還是在排演《花妖愛娜溫的獨白》期間裡。

如果只是花盆破掉，那只要換掉就好，舞台劇也可以順利上演。可是，如果是因為詛咒，事情就稍微變得嚴重一點了。

無法忽視的動搖竄過了每個人的內心。

*

這一天的午休時間，多希又佔據了我前方的位子。

我一邊與便當包巾上打得有些死的結奮鬥，一邊將早上排演後發生的事件說給她聽。

多希低垂下頭，好像是思索起來。

「這樣啊……但是黏里的花應該沒事吧？」

「嗯，立刻就準備好代替用的花盆了，還澆水了哦！給園藝社的社員看了，說應該沒問題。」

「太好了！不過，這樣就很清楚了呢！我之後是黏里……花妖愛娜溫的詛咒確實開始降臨在戲劇社中了，也就是說，這不是我的錯覺呢！」

某個人對戲劇社懷抱著敵意或恨意，以社員為目標屢次犯下罪行，大概就是這樣吧！從犯人選在這個時期來看，他的目的可能就是阻止公演，更甚者是想要中止公演。

「可是犯人是什麼時候弄破盆栽的呢？」

我問起別的事，當作是回答多希的問題。

「……社團教室的鑰匙一直都是社長靜子學姊拿著，對吧？」

「嗯，道具間的鑰匙也是哦！當然每次都在社團活動結束後還到職員室去了。」

「有備用鑰匙嗎？」

「都各有一把！也放在職員室裡。不過我偷偷跟妳說哦！每個社團教室的鑰匙都掛在職員室出口附近的鑰匙掛勾上，只要算好時機，從走廊偷偷伸手，就可以借走囉！啊，這是學生之間的祕密呢！」

「所以只要想要偷，也並不是不可能呢。」

無論在什麼年代，都有想做壞事的學生啊！

這時，我終於解開了便當的包巾。

「鮎里的盆栽是什麼時候帶來學校的？」

「大概是一週前吧？說是照顧……也就澆水而已，一直都是大河內在負責哦！畢竟盆栽也是小道具之一，屬於他的職責範圍嘛！好讓鮎里專心在排演上。」

「這樣啊……」

發現破掉的盆栽後，我委婉地詢問了戲劇社的所有人，直到昨天下課後排演為止，盆栽似乎都還沒事。

「犯人果然是在戲劇社所有人回家之後，從職員室偷走鑰匙，潛入道具間的嗎？」

「嗯，我想這個最有可能。」

「犯人為了讓詛咒成真，做到這種程度啊……」

聽到多希這樣說，我終於想到了一個很基本的問題。

「對了！戲劇社的所有人都知道有詛咒，為什麼還決定演《花妖愛娜溫的獨白》呢？如果有不祥的傳言，選別的故事就好了說……」

據說這次的劇本是大家一起挑的，也就是說並不是什麼人硬要強迫大家，而是所有人理解同意後決定的。

多希完全沒有遲疑地立即回答：

「當然是有原因的。其實，《花妖愛娜溫的獨白》除了詛咒之外，還有另一個傳說。」

「傳說——」

「只要這個劇本能在文化發表會上完美演出成功的話，演出者將來都能成為優秀的演員。」

「優秀的演員……」

「雖然不知道是電影演員還是舞台劇演員，總之據說畢業後就能夠當上職業演員。實際上以前也聽說有學生當上職業女演員呢！」

原來如此，看來就算遭到了詛咒，也有吸引人的報酬。我完全理解，一邊用筷子挾開鮭魚，放入口中。

「尤其是副社長大島學姊，她比任何都積極想上演《花妖愛娜溫的獨白》呢！」

「郁美學姊她？」

成為職業演員是她的夢想嗎？

我不禁這麼問道，多希卻搖了搖手表示不是。

「我想她應該是想要讓其他人成為活躍的演員呢！她力推《花妖愛娜溫的獨白》的理由，純粹是身為副社長的責任感。」

「也就是說？」

「這一代的社員如果未來可以成為職業演員的話，那麼這幾年衰退的戲劇社必然會恢復輝煌，對吧？這正是那個人的目標，也是她的願望哦！」

「哦！所以她比誰都努力要讓公演成功啊！」

我回想起排演中可以感受到的郁美學姊的嚴厲、熱忱。在那樣的她的面前，像我這種外行人恬不知恥地登場，展現了糟糕的演技，所以她才大發脾氣吧！

我又理解了！吃完鮭魚接下來換品嚐香菇。

「只是她太過執著，和社長經常有衝突呢。」

「好像是這樣呢！」

我在排演中也目睹好幾次她們兩人意見不合……不，與其說是意見不合，或許更接近是郁美學姊衝撞溫和的靜子學姊。

還可以見到郁美學姊對靜子學姊所設計的舞台佈置大唱反調。

「從以前開始就是這樣嗎？」

「怎麼說呢……學姊們一年級的時候怎麼樣我是不知道……不過明顯不合是在去年公演之後開始。」

「有發生什麼事嗎？」

「大島學姊在去年公演的時候，被社長搶走主角角色了。看起來那時候的芥蒂現在也還殘存著呢！」

說起來，去年公演《新約羅蜜歐與茱麗葉》中，飾演樹理枝的是靜子學姊。

多希從我便當裡捻起梅乾放進嘴裡，一邊嘟著嘴一邊說：

「欸，現在一說我才想到……社長不也有可能是犯人嗎？」

「靜子學姊她？」

「為了妨礙想要讓公演成功而努力奮鬥的大島學姊之類的？」

其中確實仍隱藏著我不知道的事情，而那兩個人之間發生的嫌隙，遠比我們所想的還要更嚴重也並非不可能，但我怎麼樣都不認為那位溫柔的靜子學姊會做這種事。

「可是靜子學姊好歹也是被委任當社長的人耶？這樣的人會做出讓戲劇社更為困窘衰退的事情嗎？」

我委婉地反駁，多希意外地立刻贊同。

「嗯，也是啦！我也是一直看著社長，感覺她不是會做那種事的人，也不是做得到的人。她雖然有點滿不在乎，也不像大島學姊一樣嚴格，不過卻也像社長一樣設計了很棒的舞台佈置，應該比任何人都還要重視戲劇社。」

我認識靜子學姊還沒有幾天，不過我也同意她的看法。

多希將話題自靜子學姊帶開，接著問起了另一件事：

「不過啊，客觀來看實際上又是怎麼樣呢？這次的事是社團裡的誰做的嗎？還是社團外的學生搞的鬼呢？」

我把筷子像是鳥喙一樣一邊動著一邊想，但在得出結論前我有一件想確認的事情。

「多希，只有戲劇社社員知道上演《花妖愛娜溫的獨白》就會有詛咒降臨的傳聞嗎？」

「不，我想不止。花妖愛娜溫的詛咒確實是在戲劇社私下流傳，就像是在某個程度上是很著名的校園怪談之一，但卻不是絕對禁止向外面提起的事，我想其他學生應該也有人知道……啊！也就是說極有可能是社外人士做的？」

多希似乎很著急地向我提出結論，總覺得她的聲音變得有些小，說不定她是猜測犯人就在這間教室裡。

「還有一件事要確認。這次公演上演《花妖愛娜溫的獨白》這件事有對外公開嗎？」

「這件事還沒有公開哦！公演前會張貼在公佈欄，公開這一年的劇目，每年都是這樣，也會刊登在校報上哦！在那之前，戲劇社社員也都被下了緘口令，當然現在這個時候，也都還沒告訴新聞社。」

這樣一來，可以製造出上演《花妖愛娜溫的獨白》導致出現詛咒此一情況的，就剩下知道今年劇目的戲劇社社員而已了——我可以這麼推理。

當然並無法保證他們完全沒有對外提起，人的嘴巴沒辦法裝上門。

我取出愛用的手帳和鉛筆，問道：

「剛剛聽妳說了靜子學姊和郁美學姊的事，其他社員們的人際關係如何呢？」

排演中我雖然有與社員說話，多少摸到了他們各自的關係，但應該還有我不知道的事，其中說不定就有可能成為犯罪動機的細節。

「這個嘛……首先就是鮎里和喜和子。」

是擔綱主角的兩個人。

「小雲啵應該也有察覺了，喜和子把鮎里視為勁敵。」

「是這樣嗎？」

「妳沒察覺嗎……」

原來如此。我當場寫進手帳裡。

「從入社開始這兩個人就被拿來比較哦！雖然氣質不一樣，但她們都很漂亮，都登上舞台，演技也都很棒。但是鮎里是演員的女兒對吧？所以鮎里雖然並不是如此，喜和子卻感覺得到有些緊張，這次的角色分配也很困難哦！劇中是雙主角，可是喜和子一直都想要演采這個角色。」

「喜和子想演采？」

這讓我有意外。劇中將葉月描寫得又華麗又優雅，身份還是貴族大小姐，我感覺非常適合喜和子，但……

「妳真是不懂耶！就演員來看，自己的角色越是可憐越好呢！你看，灰姑娘和白雪公主基本上都很不幸對吧？被欺負、有災難降臨等等，就這一點來說，家境貧困的飛鳥井采，才更有飾演的價值啊！」

經她這麼一說，我在看小說的時候，也覺得比圓滿的角色來說，感情更容易融入經歷過苦難、跨越障礙的人物之中。

「喜和子想要飾演更能吸引觀眾感情的角色。在排演前，鮎里和喜和子各自稍微演了一下采和葉月兩個角色，做了個小測驗，結果采就交給了鮎里來演。看了兩個人的演技之後，社長、副社長和顧問的意見很一致呢！」

「這樣一來，喜和子對這次公演的角色分配有所不滿？」

「說不定呢。」

以犯罪動機來說有些微弱，但卻不能無視。

「市川怎麼樣呢？他好像一直被郁美學姊責罵……」

「忍？啊！那傢伙就像看起來一樣內向，幾乎沒有自己的意見，無論怎麼想都不是能做出什麼壞事來的傢伙啊！他的確經常被副社長臭罵，不過妳覺得他會因為這樣就想要毀掉公演嗎？」

「他從一年級開始就在戲劇社了嗎？」

「嗯！一開始當時的社長也建議他可以嘗試看看演戲，不過他就是那個個性啊！說在別人面前沒辦法演戲就拒絕了，所以才轉去負責服裝。聽說是他母親在小時候教過他裁縫……」

「他媽媽？」

「對啊！那傢伙的媽媽好像是在做裁縫的工作哦！不過就算這樣也有點怪，對吧？是女兒也就算了，兒子卻和媽媽學習裁縫？不過以那傢伙的情況也沒辦法啦……」

多希露出了有些複雜的表情。

「……意思是？」

「他說他有記憶以來就沒有好好地與父親相處過，每天都是和母親交流，自然而然下便學會縫紉了。」

「他爸爸很嚴格嗎？」

我沒辦法很具體地想像出所謂嚴格的父親，大概是因為我自己的父親總會為子女操心一些詭異之處吧？

「我雖然沒有問到那麼深入的情況，聽說他爸爸總是關在自己房間工作哦！想一想，忍那種枯燥無味……不是，那種溫柔的個性或許是受他媽媽的影響呢！這種不負責任的想像不太好就是了。」

多希一邊說，一邊搖晃著椅子，出神地望著天花板。

「稍微離題了，總之忍很認真哦！縱使副社長嘴上說得很過份，其實她心裡也對忍抱有期待呢！」

正因為這樣，郁美學姊才會那麼嚴厲嗎？

「其他呢？」

「嗯……其他感覺還有關連的，大概是大河內吧！那傢伙從來不抱怨，努力工作，但其實呢，這一切都是為了喜和子哦！」

「為了喜和子？怎麼回事？」

道理我不是很明白，我沉吟一聲歪了歪頭，多希見狀便無奈道：

「小雲啵妳真的是偵探？不對，妳真的是女高中生嗎？太遲鈍啦！這不就是他喜歡人家的意思嗎！是喜歡耶！是愛情耶！是戀愛耶！這麼一目了然耶！」

「呀——！」

大河內喜歡喜和子！超出我預料外的事情讓我發出驚呼，我對這種話題比較弱嘛！

「大河內入學時看到喜和子，一見鍾情才進入戲劇社的哦！他意外的也有熱情之處呢！可是他入社後卻沒辦法開口說出自己的心情，總是只悄悄地望著喜和子。喜和子好像也發現到大河內的心情了，但她自尊心莫名的高，所以感覺她是毫不在意，很不在乎的樣子。」

「這樣的話，喜和子想要在精神上逼迫鮎里為她讓出主角的位子，偷偷指示大河內的可能性也不是沒有……吧？」

為了要擠掉勁敵。

如此錯綜複雜的微妙情況，聽起來正像是舞台劇的劇本。

也不能無視喜和子、大河內兩個人是共犯的可能性。

聽我一說，多希盤著手臂望向天花板。

「很有趣，但事實上怎麼樣呢？先別說喜和子了，我覺得大河內不是那種知道祕密後還可以裝成不知情的傢伙呢。」

我想這應該不是有不有趣的問題，該不會我的感覺已經有一半變成在思考故事的劇本了吧？

我如此告訴多希，多希點點頭同意。

「如果不那樣想的話就做不下去了啊！一個一個懷疑同社團的夥伴，要是不當成戲劇裡的故事，就會很悲傷，沒辦法繼續下去了吧！」

「啊……這樣啊，說的也是呢……」

就算是多希，也不想積極地去懷疑朋友，但她受了傷卻也是事實，如果放著不管，下一次說不定就會傷害到朋友。不得已之下，她才想透過推理去縮小嫌疑犯——帶著心痛。

之前我就這麼想了，她真是個好人啊！

我在手帳裡總結要點，記入從多希那裡聽來的事情，大大地嘆了口氣。

「嗚哇！不過說起來，社團裡的人際關係也是很複雜，有悲有喜呢！」

「幹嘛總結得那麼老成啊！然後呢，怎麼樣？可以順利推理嗎？」

「這個嘛，就剛剛聽來的情報，看來有幾個人姑且有算是可能成為犯罪動機的過往，雖然很難說出口，但或許也有可能是社內人士做的。」

說出我最直接的想法後，多希露出複雜的表情說：「這樣啊……」我想讓她打起精神，努力地用明朗的聲音道：

「現在還無法斷定呢，嗯！說不定真的是有詛咒，根本沒有什麼犯人哦！」

「這樣一來也太恐怖了吧小雲啵……」

造成了反效果。

「總、總之，我就照著這個想法展開推理囉！」

我啪地一聲闔上手帳，多希點了點頭，一邊拄著柺杖一邊站了起來。

「接下來，我也差不多該去買午餐了呢！時間都要到了。啊！我也會去下課後的排演哦！如果是做點小道具，我說不定還能幫上忙。」

說完，她便出了教室。多希用她自己的方法珍惜著戲劇社，她也希望公演可以順利演出。

我希望我可以盡自己所能去回報多希的心情。

代替她出演角色是如此，身為門外漢偵探當然也是。

我用筷子珍惜地夾起最後一粒飯粒，放進嘴巴裡。

剩下我一個人，腦海中浮現出來的戲劇社員相關圖卻揮之不去。

在我想著乾脆就這樣投入推理中之時，去買東西的柚方回到了教室。

「小雀，我又來晚了！不小心煩惱很久要選哪個麵包，嘿嘿！昨天真對不起，因為那種事鬧彆扭，我也有點幼稚呢！不過今天就悠閒地一起……」

不過延續昨天，我的便當今天也已經空蕩蕩了。

「什麼？小雀妳的便當又空了啊！一粒飯都沒有！好過份！明明就說要等我，卻又自己吃光了！小雀妳這個笨蛋！愛吃鬼！發育過剩！」

因為發生昨天的事情，我還想著今天要多注意，但在與多希說話的期間，很自然地動起筷子，回過神來已經全部吃完了……怎麼辦？

我向她說了：「對不起啦～」但這一天柚方又鬧起了彆扭。

＊

正如多希所宣言，當天下課後的排演她也出現了。

從我開始參加排演開始，多希這還是第一次來，不過我也知道了她平常是如何擔任起維持戲劇社良好氣氛的工作。

俏皮話與笑容融洽了氣氛，使社團教室充滿了積極。她明明受傷了，卻是最有精神的人。最開心歡迎她的人是鮎里。

「多希，腳還好嗎？」

「沒問題！其實不用拄著枴杖也可以走了，但用枴杖之後大家都對我很溫柔，所以我才故意不治好的。」

「真是的，老是開玩笑！」

「鮎里才是，花還好嗎？」

「嗯，謝謝！現在拜託園藝社放在他們社團教室了。」

從擔心傷勢，接著一些微不足道的談笑，還有如孩子般互相嬉鬧。

她們的感情之好，光是用看的便傳遞了過來。

這是戲劇社原本的模樣，而我只是停留一時的過客。這樣一想，就覺得有些寂寞，不過總之氣氛變好我是大歡迎啦！

可是，大家的心中其實都在想著同一件事。

——是誰弄破盆栽的？

不，除了我與多希之外的社員或許是這樣想的。

——都是《花妖愛娜溫的獨白》害詛咒應驗了！接下來又會發生什麼事？災難會降臨到誰的身上？

多虧多希，社團教室裡滿是笑容，但大家心裡卻籠罩著烏雲。即使如此，不排演也不行。心情多少有些定不下來，我們這一天也努力排演到學校離校時間。

回去的時候，靜子學姊一邊謹慎確認上了鎖，一邊說：

「明天要照著之前預定借用體育館進行綵排哦！」

「終於來了！」多希用力揮舞著手。

「中午之後要穿上正式服裝演戲，大家做好準備。」

這樣就已經很像正式演出了，我迅速地緊張起來。

郁美學姊在我身後拍了拍市川的背，說：「明天的服裝可要交給你了！」總覺得市川的臉頰看起來急遽消瘦，應該是我的錯覺吧？

*

我搭乘市內電車回家之時，天色已經暗了。

或許是因為搭車的時間比往常都晚，今天車內特別擁擠，我用力地伸著手握著吊環，支撐著左右搖晃的身子。

電車一停在銀座，下班回家的上班族大量湧入車廂。我就像是鯛魚燒一樣，感覺快要緊緊地被壓扁了。

我使勁用力撐著身子忍耐，到神田為止都只能這樣了！就在我這麼想之時，身體突然感到一陣輕鬆。怎麼了？我回頭，就看到眼前是一張很熟悉的臉。

「啊！枯島先生！」

「歡迎回來，小雀。」

不是只有熟悉，枯島先生是久堂老師的老朋友，我很早以前就認識他了。他在神田神保町經營舊書店「穀雨堂」，我有想要的書的時候，總是會去麻煩他。

他站在我身後，從乘客的擠壓中護著我。

「謝謝你，幫了我大忙！」

「小雀看起來像是鯛魚燒一樣快被壓扁了，忍不住看不下去了呢。」

果然從旁看來也是那樣嗎？

「妳現在在幫忙戲劇社演戲嗎？白天我從學長那裡聽說的。」

「嘿嘿！就是那樣，我是小混混Ａ。」

「小雀扮演小混混的模樣，一定特別可愛呢！」

這就不好說了。

「枯島先生現在要回家嗎？」

「嗯，朋友創了一個新的劇團，剛剛去看了他們的處女公演呢。」

「有人創立劇團啊？好厲害呢！」

「對啊！他很努力哦！劇目是一位叫做前田ＨＩＳＯＭＵ的劇作家寫的《藍尾鴝之巢》，在某個領域裡是名作，觀眾人數以處女公演來說算是還不錯了。雖然如此，那個世界好像也不輕鬆，不是只光靠這樣，就可以順利經營下去啊。」

我們互相看著映在窗上的臉說著。電車晃動時，我的頭就砰砰地撞上枯島先生的胸口。

「那個，果然演員光靠演技要自立，是很辛苦的事情嗎？」

或許是和戲劇社的大家認識了，忍不住就在意起這種事。靜子學姊、鮎里、喜和子她們傾注熱情的這個戲劇界，到底是多麼嚴格呢？通往職業的道路又是多麼狹窄的門呢？

一定不是輕鬆的道路吧！

如我預料，枯島先生這麼說了。

「應該並不輕鬆吧！現在與以前不一樣了，雖然也有電影演員、電視劇演員這些不同道路，但無論走哪條路，對演員來說都需要努力、才能、運氣、美貌、人望、人脈——這些各式各樣的要素，甚至還很花錢。」

「果然是這樣的呢！」

從學校畢業後還想要置身於演戲世界裡的人，到底有多少呢？想要划出如此看不見未來的荒海的人，到底又有多少呢？

我稍微有些沮喪，不過枯島先生卻接著說：「不過呢……」

「即使這樣仍然滿心喜悅踏入演技世界的所有人，都是『無法不這麼做的人們』哦。不可自

拔喜歡演戲的人、透過演戲向社會傳達自己想法的人、想要博得關注讓世人知道自己存在的人。或許原因各式各樣，即使不合成本，但這些人一定是不進入表演的世界不行呢！那個世界大概就是如此充滿魅力吧！」

啊，或許就是那樣吧！

人生中有「不得不做的事」和「不做也沒關係的事」，可是除此之外，也還有「無法不這麼做的事」。

我感覺到自己被枯島先生所說的話拯救了。

「謝謝你！」

我向他道謝，謝謝他讓我察覺到這些事，就聽他故意壞心地說：

「小雀，大人說的話可不能囫圇吞棗啊！或許大人只是把很類似的東西列舉出來以模糊焦點，又或是只是想博取信任企圖作什麼壞事呢！唉，我真是擔心妳的將來啊！會不會很輕易地就被壞男人給騙走了呢？」

「不用擔心這些事，因為我一直受到久堂老師毫不留情的鍛鍊啊！」

「就好像是熱鐵與打鐵匠的關係呢。」

「沒錯，老師就是打鐵匠。」

我笑著說，於是枯島先生也輕輕笑了。

＊

「采，你要接受有文的求婚吧？」

「嗯……我是這麼打算的。」

「妳的意思是即使知道我愛著有文，妳也要接受求婚嗎？」

「葉月，我是為了拉拔我長大的養父和養母……」

「我才不想聽那些事！采，妳果然就像大家說的一樣，是小偷的孩子、花妖愛娜溫！是從我手中奪走未婚夫的恐怖的花！」

「啊——！葉月，妳是太陽，我卻是月亮！可以的話，我真想永遠承受著妳的光芒！我們的友情已經回不去了嗎？那如同朝露般耀眼的友情啊！」

※播放音樂

＊

隔天假日學校休息，我依然換上體育服，在早上九點去了學校，彼時運動社已經在熱火朝天地練習了。

今天是模擬公演的綵排日，戲劇社借用體育館的舞台，仿照正式演出上演戲劇。昨晚開始我就莫名緊張，老是毫無意義在房間裡徘徊。

直接前往社團教室，就看到大家都已經抵達，也準備萬全了。

「哇——！我遲到了嗎？」

我忍不住驚慌起來，不過並非如此。

「是大家都很緊張，忍不住提早到了啦！」

看來緊張的並不是只有我！不過最局外人的我卻是最晚到的，總覺得有些不好意思。

「還是讓你們等了……」

我開口道歉，靜子學姊笑著搖了搖頭。

「沒關係的，等妳的時候大家都在欣賞完成的衣服哦！」

「完成的衣服？啊！洋裝做好了吧！」

我邊說，邊望向市川，只見他害羞地點點頭。

「我今天做到太陽昇起呢！剛剛才收到道具間去，要看嗎？」

「我想看！」

興奮地走入隔壁房間，就看到一大排的衣服正中間，擺放著今天才出現的洋裝，而同樣的洋裝兩件並排在一起。

以白色為基調，使用了看來很是柔軟的布料，裙子較長的一端幾乎拖地，與我心目中大正時代貴族小姐的洋裝款式非常接近，胸口還裝飾了可愛的蝴蝶結。

市川跟在我後頭進了道具間，盯著洋裝，彷彿也覺得光彩奪目。

「完美！太漂亮了！」

「謝謝！右邊的洋裝是喜和子同學的，左邊則是鮎里穿的哦！」

經他一說我再仔細一看，右邊洋裝的蝴蝶結是紅色的，左邊則是藍色。

「唔哇～好厲害！」

洋裝裡面縫上了蕾絲布，隱隱約約地露出袖口和下襬，乍看之下非常華麗。社費是有限的，所以這應該是市川特地精心製作的吧！

「啊！不好意思，如果可以的話，在正式公演前盡量不要碰到洋裝，謝謝！要是弄髒或弄破就糟了……」

「對、對喔！」

我慌張地趕緊收回正要伸出去的手。

話說回來，這件洋裝的做工非常精緻，說不定甚至可以穿著出席真正的宴會呢！不但仔細測量過尺寸，還要製作到非常合身，應該也花上不少時間。

「裁縫是我母親教的，原本我就蠻擅長裁縫，雖然被同班同學笑說還真娘娘腔……」

看來母親教他裁縫的這件事是真的呢。

「才不會娘娘腔呢！你對戲劇社貢獻這麼多，我覺得很厲害哦！」

「嗯，就是說啊！演戲又不是只靠演員和編劇完成，服裝製作也是很重要的工作嘛！」

正說著，社團教室那邊傳來郁美學姊的聲音。

「好了，差不多要去體育館了哦！今天要努力練習！」

「好——！」

我在被罵之前出了道具間，市川似乎還在欣賞自己完成的洋裝，看來感慨良多。

回到社團教室，我對著鮎里和喜和子道：

「真想趕快看到妳們兩個人穿上那件洋裝的場景！」

一定非常漂亮又華麗吧！

鮎里俏皮地聳了聳肩，微笑：

「呵呵，我也一直很期待呢！」

她就像一位收到新洋裝的少女般，很是可愛。

「如果兩個人穿上幾乎一模一樣的洋裝，說不定在舞台上會很不醒目呢！」

喜和子則相對地非常冷淡，說出了很像她會說的話。

又等了一會，市川出了道具間後，靜子學姊立刻鎖上了門，一群人離開了社團教室。

穿過北校舍那一瞬間，吹過了涼爽的風。

今天不容置疑的是個大晴天，那染了色的校園紅葉在青空下美不勝收。

前往體育館時，我走在所有人後面，不斷觀察著周遭——當然是為了避免意外發生。

昨天盆栽才剛被弄破，所以最好要多加留心。

抬頭望向校舍窗戶，窗邊沒有人影。如果真的是某個人偽裝成詛咒想要妨礙戲劇社，那麼這種時候也不能鬆懈。舉例來說，很有可能會有什麼東西從窗戶掉落下來。

可是現在尚未弄清對方的目標、企圖和行動原則，無法採取任何對策。沒辦法制定方針，也不能公諸於眾，我也只能像個警備員一樣警戒四周。

這樣一來，偵探之名都要流淚了。

通過鐘塔後，走在前頭的大河內對著市川說：

「今天不用澆水沒關係吧？」

市川回答他道：

「為了以防萬一，今天早上到社團教室集合前，我有去看了一下情況哦！園藝社的社員說會在公演前幫我們照顧好。」

他們在談的是大波斯菊盆栽。
「學長，真不好意思！前天才剛拜託你幫忙澆花，今天還麻煩你去看看情況……」
大河內很是過意不去地低下頭。對了！我這才想起這兩個人在學年上是學長與學弟的關係。因為大河內體型比較高大，我差點就要忘記這件事了。
學弟禮貌得有些過頭，讓市川為之苦笑。
「不過是澆一次花，不用在意啦！忙碌的時候要互相幫助嘛。」
在後面聽著兩個人的對話時，我突然發現大河內背上黏著一片木屑。「這個黏在衣服上哦！」我幫他拿了下來，他急忙向我道謝。
「謝……謝謝妳！」
沒想到這點小事會獲得他如此奮力的道謝。
「我、我才是！」
我不禁也跟著低下頭，看到我們這樣，市川輕輕笑出聲。
「你們兩個人真有趣啊！抱歉呢，花本同學，大河內一和女生說話就會非常緊張哦。」
「我家裡都是男生，對女生沒有免疫力……」
這樣看來，要和他喜歡的對象——喜和子能夠很平常的聊天，他還有好長的一段路要走呢。
「這塊木屑又是舞台大道具上的？」

「是、是的！剛剛在社團教室等大家的時候有動手一下，想說盡量多做一些……」

看來是太過專注，不小心黏到衣服上了。

「大河內的個性大概十分適合作幕後呢！」

正好我也想到同樣的事情，市川說了出口。「好像是呢！」大河內難為情地回答。

我聽了市川的話，卻忍不住笑了起來。

「花本同學怎麼了？」

「市川你別說別人了，褲子的口袋有一根線頭哦！你看，白色的。」

我指了指，他滿臉通紅趕緊將線頭塞了回去。

「真受不了！最近一直都帶著線走來走去……啊哈哈！」

這兩個人與大道具師、服裝師的形象實在非常適才適所啊！

一抵達體育館，桐生老師已經等在入口，揮了揮手說：「嗨！」聲音聽起來很沒幹勁。

「我也算是個顧問呢，至少這種時候得要在你們旁邊。」

「不是這種時候也請好好出席好嗎！」

他立刻被郁美學姊罵了。這種情況到底該說被學生罵的老師很可憐呢？還是該說敢喝叱老師的學生很了不起呢？

一進體育館後，就看到女子排球社員們柔軟的身軀在空中飛舞……要怎樣才能夠跳那麼高啊？

「跟我來！」

桐生老師走在前頭，我們隨著他進入了後台，燈光設備彷彿是沉睡在洞窟中的蝙蝠，從天花板上垂吊下來。陽光自長廊上方的窗戶照射進來，讓灰塵閃閃發亮。

我從側台實際望向舞台，再次對它的寬敞感到不知所措。這時，郁美學姊似乎看穿了我的心思，說道：

「就像妳看到的，演戲不是只有台詞哦！得要使用全身肢體來表現呢。如果演戲放不開，就無法傳達給觀眾了！」

站在舞台上，望遍整座體育館。

公演當天，這裡會聚集全校學生和來賓，光是想像，我的心跳就開始怦怦亂跳。

我真正的目的，是以偵探身份揭開花妖愛娜溫詛咒的真面目，但現在卻開始覺得以戲劇社一份子的身份站上舞台更加重要。

排球社社員注意到突然出現在舞台上的我們，她們一邊追著球，一邊朝著這裡瞄過來。

靜子學姊苦笑著說：

「只有排球社會提早看到演出呢！雖然我們想要保密到最後，不過只有這件事每年都得睜一隻眼閉一隻眼。」

多希坐在舞台下的地板上，望著這裡。

「我就坐在這裡看哦！我會用觀眾的視角毫不留情陳述感想的！」

「嗚哇！我越來越緊張了！」

我抱著頭，靜子學姊便道：

「這不是正好嗎？就把她們當成客人來演戲吧！」

「可、可是，這還是和在社團教室排演不一樣啊！」

「這是當然的啊！不然就不是綵排了，就是要像這樣把排演當作正式演出去排練公演呢！」

確實如此，會緊張本來就是理所當然的事，到現在才害怕就無法開始了，我也只能努力演戲了！雖然不過是小混混A和友人A……

這時，桐生老師似乎算準時機，跳下了舞台。

「好！你們加油吧！」

看來他的意思是已經完成陪伴工作了，放任我們到這種程度倒很乾脆。

「對了對了！要小心排球社的球，說不定會常常飛到舞台上啊！」

如此忠告後，他便離開了體育館。

靜子學姊大喊一聲，我們開始互相確認站點，以及劇中播放音樂的時機。

上演時間預定是四十五分鐘，沒有中場休息，也就是說一旦開始演出，就只能一直演到最後，因此事前的確認非常重要。

沒想到此時卻發生了問題。

「還沒有完成嗎？」

「對不起……」

郁美學姊與市川似乎為了什麼事起了糾紛。

「怎麼了？」

靜子學姊插入兩人之間。

「市川學弟，你說的可是還沒有完成劇本結局耶！該怎麼辦啊！接下來就要綵排了啊！」

「算了算了！市川學弟同時也要做服裝嘛！不需要這麼責備他，實際上他今天也是努力做洋裝做到早上不是嗎？」

「就算這樣，但這麼緊迫的時刻都還沒有決定故事結尾，真的是史無前例啊！說起來自告奮勇要寫的也是市川學弟耶！」

郁美學姊今天也是火力全開。

「你明白嗎？所有人都很困擾耶！」

「郁美，市川也知道這些事嘛，對吧？」

夾在溫柔的社長與嚴格的副社長之間，市川看起來也是不知該如何是好了。

不過就算這樣，他依然鼓起勇氣抬起頭說：

「對不起，造成大家麻煩！但是……我怎麼樣都不想寫出隨便的結局……我想要用我自己的方法讓這次的公演完美呈現……所以……！明天……明天我一定會完成！」

這番話對平常很懦弱的他來說算是非常強硬的口吻了，或許是被他的氣勢所驚，郁美學姊也沒有再多說什麼，而代她接著開口的則是喜和子。

「剩下的不過就是一頁劇本不是嗎？就算是公演當天，我也還來得及哦！」

她把雙腿垂放到舞台邊，坐了下來，望著體育館的天花板，不過在她說「我也還來得及」之時，僅僅一瞬間看向了鮎里。就算不練習，只要看過一次劇本，她就可以立刻演出來——喜和子就是如此暗示鮎里。

「沒、沒錯！如果是喜和子學姊，就算是公演前一刻也沒問題的！」

大河內不知為何開心地說。

這時，彷彿是要轉換大家的心情，靜子學姊響亮地拍了拍手。

「接下來就開始綵排囉！今天就算念錯台詞也不會暫停，大家做好準備哦！」

在社團教室多半是郁美學姊引導大家，但今天卻是社長靜子學姊爽快地掌管情勢，展開排演。

接下來我們就要用一早上進行第一次的綵排。

昨天，鮎里珍惜著照料的盆栽才碎裂一地，今天她卻依然……不，是卻比之前對演技更加精益求精，感覺真正進入了角色之中。感受到她的全心投入，大家也更為努力進行排演。

我也想努力加入這個良性循環裡，可是還是被郁美學姊罵了好幾次。

就在我們綵排期間，市川與大河內則迅速開始大道具的最後加工及搬運工作。之前事先製作完成的大道具，聽說都放在南校舍旁的草坪上，用塑膠布套著保管起來。瞥見那些道具一一被搬入後台，我終於切身感受到公演越來越近了。

第二次綵排結束時，我已經精疲力盡了，這與戲份本身很少無關，全身出了汗，緊張也讓手腳陣陣發麻。

「午餐時間了哦！」

多希從舞台下說道。一看時間，已經差不多到了正午時刻了。

她的提醒成為決定休息的信號。我邊擦著汗邊下了舞台，打開與大家一起拿過來的便當。

鮎里望向我的手邊問：

「哎呀！小雲啵，妳的午餐只有這樣？」

我的午餐是放有梅乾的飯糰兩個，還有三道醃漬小菜。

「嘿嘿！睡過頭了，所以只能準備這樣了。」

昨天晚上在棉被裡忙著進行各式各樣的推理，導致最後睡不太著，當然也為綵排感到緊張。

鮎里旁邊的郁美學姊也露出無奈的表情。

「花本同學，只吃這點，下午的排演聲音會出不來哦！」

這樣確實只有三分飽，還是少了點什麼。

我正這樣想著，多希突然提高音量。

「咦？那裡？」

她指著入口。

「有誰在那裡偷看！」

她一說，我仔細一瞧的確看到個鬼鬼祟祟的人影。不久，那個人脫下鞋，走了進來。

距離拉近，我這才發現來人是柚方。

「小柚？到底怎麼了？」

柚方穿著挺拔的袴和足袋*註2，用著優雅的步伐走到我們身邊。

「戲劇社的各位辛苦了！」

她禮儀端正地向大家鞠躬，然後才轉向我，那束成一束的長髮滑順地搖動著。

*註2　是日本和服的一種，為裙襬樣式的寬大褶褲；足袋為日本一種拇趾與其他四趾分開的足襪。

「我們現在也正好在午休哦！」

「對喔！」旁邊的多希說：

「溝呂木同學是弓道社呢！」

「嗯！小雀妳有說今天在體育館排演嘛！所以我來幫妳送個便當。」

仔細一看，她的手中提著一個風雅的布包。

「雖然只是簡單的菜色啦！我經常借宿舍的廚房來做菜，因為假日合作社都休息嘛！」

「好厲害！是親手做的便當！真是少女啊！可以當新娘了！」

多希不知為何很是感動。

總之真是幫了大忙！這樣我下午也可以撐過去了。

「沒想到妳會為了我做這麼多……」

我連連道謝，柚方也好像很開心地彎起眉毛。

「接下來我要送去小桃那裡哦！之前常常幫她送便當呢。」

「啊，這樣啊……」

她來這裡說不定只是順便啊……

桃花應該是在體育館旁的武道場埋頭苦練，勢必比我還更需要能量吧！

離去時，柚方又再一次鞠躬，然後才往武道場的方向走了。待看不到她的身影後，靜子學姊敬佩地說：

「溝呂木家的千金溝呂木柚方，不愧是優秀的人才呢。」

「這是什麼意思呢？」

「實際上在她一年級的時候我有跟她說過話呢！問她要不要加入戲劇社。」

「這是……挖角人才嗎？」

「只是被她很誠懇地拒絕了。」

我完全不知道有發生過那種事，不過以柚方的外貌來看，我完全可以理解。

「如果她入社了，戲劇社的陣容應該會更加華麗呢！」

說的沒錯！

聞言，喜和子彷彿自言自語般地說：

「只有外貌是沒辦法成為演員的。」

一瞬間，場面陷入了沉默。

我急忙為喜和子的發言打圓場，補充道：

「或、或許是這樣呢！不但需要演技，最重要的是得要有熱忱……」

「不是只有那樣哦！」

不過，意外的另一人回應了我的話——是市川。

「演技當然很重要，但演技又是從哪裡來的呢？沒錯，演技可不會從空蕩蕩的地方自己默默湧現出來。」

包括我在內，現場的所有人都有點不知所措，聽著他的話。

「我認為演技是從對劇本的完全理解及共鳴中產生的能量。演員如果只是被上天看不見的那雙手操縱著的傀儡，那是不行的，必須要自己瞭解是要演什麼，又為了什麼而演才可以，不可以單純只是人偶。」

市川說完，又再次迎來一片沉默。他這才發現不知何時大家都注視著他，慌張地撇過臉。

「對、對不起！我太狂妄了……」

喜和子似乎完全不在乎這樣的他，只是再度說：

「只有漂亮，是無法化作『演技』的。」

中肯的看法。柚方可能也是理解這一點，所以才拒絕邀請的吧。

大河內在距離喜和子有段距離的位置全力同意：「就是這樣！」從這裡就可以窺見一個男生很努力地想一點點打動喜歡的異性。

「不過，我可能還蠻想看看小柚站在舞台上，沐浴在燈光下的身影呢。」

「小雲啵，妳的辮子上沾了飯粒哦！」

我一邊品嚐著經過柚方完美調味的手作料理，一邊不負責任地妄想著。

吃完午餐後又休息了片刻，郁美學姊說：

「下午就依照計畫，實際穿上公演的衣服排演哦！」

我們隨著她的指示離開體育館，打算回到社團教室去換衣服。

可能是起風了吧！從中庭抬頭一看，浮在天空中的雲朵比起今天早上來得更多，它們各自以悠閒的姿勢飄過空中，看起來很是舒暢。

只有大河內一個人留在體育館，繼續將道具搬到後台。市川則要在我們換好衣服後，從道具間搬走小道具，所以他也跟著我們一起走。

雖然我們建議腳受傷的多希留在體育館內，不過她不肯聽，說想要看大家穿上戲服的樣子。她並不想造成大家麻煩，沒有借任何人的手，一個人靈活地上了樓梯。

這種想要參與重要瞬間的心意讓我很是佩服，感受到了戲劇社的靈魂。

「因為很想看啊！看美女們換衣服。」

只是不是什麼像樣的靈魂。

靜子學姊從口袋中掏出鑰匙，打開社團教室的門。進去後，她又再打開道具間的門鎖。

「舞台劇時後台更換用的服裝也放在這裡，大家換好衣服之後一起拿過去吧！」

「好！」

鮎里走在前頭，大家一一跟了進去，沒想到——

「呀——！」

隨著她一聲尖叫，全員停止了動作。

我走在最後，不知道發生了什麼事，驚訝地進入道具間後，就看到大家面露悲痛，遠遠圍觀著某樣物品。

看到那樣物品，我也忍不住驚呼出聲。

「洋裝……！」

市川為了舞台劇奮鬥到天亮，總算完成的主角采的洋裝，現在卻變得破破爛爛，胸口、背部、裙子，全都毫不留情地被撕裂開來。

第三章　無能又無腦的名偵探

戲劇社負責服裝的市川奮鬥到最後才完成的洋裝，就在我們在體育館綵排時，無情地遭到他人撕裂。

「為、為什麼會這樣……」

可能是太受打擊，市川當場茫然地佇立原地，但其他人也幾乎是同樣的無措。

美麗的蕾絲與高雅的純白洋裝，現在已經不見蹤影。

鮎里無力地跌坐在地板，眼眶泛著淚水。

「這種事……太過份了……」

片刻，她的眼中便滴滴答答地開始落下如寶石般的淚珠。這也是沒辦法的事，畢竟她一直很期待的洋裝連穿都還沒穿過就這樣被糟蹋掉了。

這時，我突然想起另一件事，往前走去。

「其他的……其他的衣服沒事吧？」

一群人趕緊同心協力地依序檢查排列在左右的衣服，幸好其他的服裝上並沒有發現異狀。

於是，大家再次將視線投向撕裂開來的洋裝。

「看來除了這件洋裝之外都沒事呢……」

神祕的是，被撕裂開來的只有預計要讓鮎里穿的那件洋裝，喜和子的洋裝仍安然無恙地放在原位。

「小道具怎麼樣？」

靜子學姊問，只聽多希回答道：

「好像也沒問題。」

接下來，我們便陷入了片刻沉默，就像是在洞窟深處弄丟燈火的探險家一樣。在這群人中，我宛如打開地圖一樣翻開劇本，沉思起來。

「盆栽之後是洋裝……在此之前多希受傷了，這樣看來……」

事件的起源，是多希被推落樓梯受了傷。

接著是鮎里照料的盆栽破掉碎裂。

再來是鮎里預定要穿的洋裝被撕得破爛。

相對的在故事裡，采的友人A因遭到罷凌牽連而**受了傷**，之後放在校園旁照料的植木**盆栽破掉**。

然後在地震後，從瓦礫下找到**破破爛爛的洋裝**。

「果然……迄今的事件都是照著《花妖愛娜溫的獨白》劇本一一發生的……」

「果然是詛咒……」

彷彿是動搖了靜止的氣氛般，市川這麼說。

「花妖愛娜溫的……」

「別說蠢話了！」

郁美學姊打斷了他，似乎是訴說著自己不想聽，搖了搖頭。

我忍不住望向多希，同時她也望向了我。

市川則依賴地看著靜子學姊。

「但是社長……我們來到這裡的時候，門確實是鎖上的吧！社團教室的鎖……和道具間鑰匙的鎖都是！」

靜子學姊緊緊盯著手中的鑰匙，點點頭，看起來就像是要確認鑰匙的確就在這裡一樣。

「可是……」

我說到一半，卻沒有說下去，只是在心中想著。

可是，這些事不會是自然發生的吧！若事件並非超自然詛咒現象——

那麼就一定有犯人！

我慢慢地走近窗邊，摸了摸窗。

「看起來窗戶都是關著的，社團教室的也是。」
進來這裡之後沒有任何人碰過窗子，也沒有任何人靠近。
多希說：
「也就是說，不可能從窗戶進出囉！」
「嗯！這裡本來就是三樓，從隔壁教室窗外跨過來太危險了。就算可以做到，校園裡還有運動社團在練習，對面北校舍三樓又有新聞社，學生很多，所以被什麼人發現的危險性極高。」
郁美學姊瞪大眼，盯著對面教室，看來是在確認那裡現在是不是也看得到學生身影。
一直一語不發的喜和子來到我身邊，在我耳邊低聲說：
「所以妳的意思是？」
「哇啊！喜和子同學麻煩妳普通一點說話啦！」
「叫我喜和子啦！同學年耶我們。」
我才剛抗議，她就為別的事情賭氣，果然是個神祕的人。
「那個……也就是說這間教室在犯罪時呢，是有兩道上了鎖的門阻礙的『二重密室』。」
我如此說明，市川蒼白著臉點點頭。
「混蛋！在這種情況下，到底有誰能夠把洋裝弄成這個樣子，又怎麼能做到……！這是……詛咒啊！」

但是郁美學姊卻不贊同。

「密室什麼的那麼……像是推理小說一樣的事情，現實中不可能存在啊！鑰匙……對了！是備用鑰匙！是某個人用了備用鑰匙進來了吧！想要妨礙戲劇社公演的某個人！」

「備用鑰匙在職員室呢，今天是假日，到校老師人數應該很少……的確有可能偷偷把鑰匙偷出來呢。」

我想起從多希那裡聽來的消息。鑰匙就掛在職員室出口附近的鑰匙掛勾上，所以有些學生會悄悄把鑰匙拿走。

「去確認看看吧……」

靜子學姊提議，一行人便匆匆決定前往職員室。為了以防萬一，我們把社團教室鎖上，又將各自的衣服塞進瓦楞紙箱裡一起帶上。那件撕裂開來的洋裝則是由市川負責搬運。

到了職員室，恰好桐生老師走了出來。

「哦哦！園藝社剛剛已經解散了！我可不是在那之後蹺班跑到這裡哦！接下來正想要去體育館參觀……不對，是指導你們排演。」

桐生老師如往常一樣說著玩笑話，看到我們的表情卻皺起了眉。

「一臉蒼白的，怎麼了？出現幽靈了嗎？」

「其實……」

我向他說明剛剛社團教室發生的事件，這段期間他始終歪著頭。
「……也就是說，或許備用鑰匙不見了……」
不過桐生老師態度卻有些曖昧。
「備用鑰匙啊……」
「好了啦！就讓我們確認一下啦！」
多希對他的反應一陣火大，敏捷地從一旁穿了進去，望向職員室入口附近的鑰匙掛勾，停頓了一下才高聲說：
「啊！沒有！沒有鑰匙耶！」
「真的嗎？」
「老師你稍微讓開一點！」
「喂！你們……！好痛！」
我們推開桐生老師，如雪崩一樣闖入職員室內，紛紛望向鑰匙掛勾——確實只有戲劇社的備用鑰匙不見蹤影。
「真的耶……！」
「這樣一來，果然是社外的某個人趁著綵排的時候犯案……！」
郁美學姊與市川都明顯表露出憤怒之意，可是彷彿是要撲滅這股憤怒烈火似地，老師從後面發話道：

「那把備用鑰匙啊，現在本來就不掛在這裡哦！」

「咦？」

老師摸著被推開時撞到的頭。

「因為鑰匙前端缺角沒辦法用了，所以我打算這個週末重新打一把，畢竟鏽得很厲害嘛！」

我們一齊瞪大雙眼。

「那是什麼時候……」

「是前天吧？是我弄壞的這件事要保密哦！」

我們再次回到社團教室。

社團教室與道具間都上了鎖，窗戶關著，沒有其他出入口，鑰匙通常都是社長靜子學姊隨身攜帶，更沒有備用鑰匙。

今天早上我們在社團教室集合之時，洋裝確實還是完好無缺地放置在道具間裡。

犯人是什麼時候，又是如何犯下罪行的呢？

我隨著大家走在走廊上，一邊思考著。此時在途中，市川停下腳步。

「這件洋裝……怎麼辦……沒辦法在舞台劇裡使用了呢……」

他悲傷地將視線落在洋裝上，卻沒有人能安慰他一句話。彷彿是打破沉默似地，喜和子道：

「公演要怎麼辦？鮎里要穿那件衣服嗎？」

她用著莫名帶有挑戰意味的眼神望向鮎里，鮎里卻似乎沒有注意到她的視線。郁美學姊代替鮎里回答：

「那樣當然是不行的啊！得要想辦法找替代的衣服……」

郁美學姊咬著拇指指甲，懊惱地望著破掉的洋裝。

多希的傷、碎掉的盆栽，然後是撕裂的洋裝，這幾天接連不斷的事件似乎讓她非常焦慮。

為了要勸解她，市川這樣說道：

「……那個，這樣的話我說不定還能想點辦法，其實我還有一件做到一半沒有拿來用的衣服放在家裡……」

「真的嗎？」

「是的！設計多少有點不同，所以得要動手修改……不過應該比起從頭開始重做還要來得快。趕得快一點，可能來得及……不，我會讓它來得及趕上公演的！」

「市川學弟……」

聽了他的話，郁美學姊露出了用力咬住什麼般的神情，接著浮現燦爛的笑容。

「說得真好，市川學弟！這正是戲劇社的社員呢！」

她說完，拍了市川的背兩三次。這或許是我第一次看到郁美學姊如此開心。

接著市川又提議道：

「然後，雖然是我現在才想到的，不過這件破掉的洋裝就用在舞台劇後半怎麼樣？你們看，地震後從采的家裡找到的那件破破爛爛的洋裝！原本這一幕預定要用墨水隨意弄髒衣服，不過現在這個狀況反而更真實，不是嗎？」

「真不錯耶這樣！黏里覺得如何？」

被郁美學姊用話一問，黏里卻只愣愣地望著破掉的洋裝，說了句：「嗯。」那彷彿就如同黑暗中注視微弱火焰的人一般，有種很危險、心不在焉的感覺。

「黏里？」

她再次問了黏里一次，黏里終於點了點頭。

「嗯，我不介意哦。」

針對那件破爛的洋裝，靜子學姊也如此建議：

「犯人不知道還在哪裡看著，這件破掉的洋裝就不要在排演上使用了吧！」

犯人將這件原是完美無瑕的洋裝撕裂開來，要是他知道我們順利運用這一點，興高采烈地用在舞台劇上，的確有可能會做出更過份的事情。

「那麼到當天為止，這件洋裝就放在瓦楞紙箱裡保管囉！」

市川說：「身為服裝師的我會負起責任。」

接著，我們再次於社團教室換好衣服，回到體育館，向大河內說明事情經過。大河內渾身是汗的搬運著舞台用的佈景，聽說這件事後，正要發出足以傳遍整座體育館的高聲驚叫，卻立刻被喜和子用手捂住嘴，頓時滿臉通紅。

因為馬上就有了優秀的替代方案，洋裝的事件並沒有如我所想的在大家心中留下陰影，而下午的排演大家看起來也非常專注。

特別是鮎里，即使自己應該要穿在身上的洋裝被撕裂開來，她反而更加投入並沉浸在采這個角色裡，展露著她的演技。就連外行的我眼中也看得清楚，鮎里有時會發揮出超乎上午排演時的表現。

站在觀眾角度忍不住融入角色之中——經常可以看到這種形容。欣賞這時候的鮎里演戲，我感覺到胸口疼痛，甚至是覺得恐懼。有時候，她會在舞台上激動地、誇張地來回動作，彷彿是要跌倒翻滾似地；但在某些場景，卻又讓我擔心到抽噎起來。

她的演技逐步完善到如此程度，讓我也開始覺得根本沒有什麼事情是需要擔心的。

不過就算這樣，我的腦海裡仍然在進行推理。

犯人到底是如何進入密室撕裂洋裝的呢？

「花本同學！不要搞錯左舞台和右舞台！左舞台在觀眾看來是右邊，右舞台則是左邊哦！」

「對不起——！」

後天就是正式公演了。

＊

下午的排演在三點前結束了。

我用體育館旁的水龍頭洗了臉，喝了口水，一邊擦著嘴巴一邊抬起頭，就看到草坪上飛舞著秋紅蜻蜓。可能是和同伴失散了，只看到一隻。

「明天就是公演前一天了，加油吧！」

「說不定又會出現詭異的阻撓，大家不可以鬆懈哦！」

隨著靜子學姊與郁美學姊的結語，一群人各自回家去了。

我也考慮在換回衣服後趕緊回家，不過又想到了一件事，於是留在了社團教室。從靜子學姊那裡借來了鑰匙，我進入了道具間內，衣服和小道具都搬出去了，所以道具間看起來非常空曠，非常乾淨。

我立刻調查起櫃子，那個櫃子被壓埋在瓦楞紙箱和過去舞台劇中使用的道具深處。

稍微問過靜子學姊，據說這間教室的某處還收著戲劇社過去的日誌，我決定要找出它，然後仔細查閱。

將劇目《夕鶴》裡鶴所織的衣服、《新約羅密歐與茱麗葉》裡假死用的毒藥瓶放到一邊，灰塵輕飄飄飛舞起來。

「咳！咳！」

怎麼可以輸！我很擅長打掃和整理！現在正是活用我平常打掃久堂老師家的經驗之時——

找了三十分鐘，我終於在如瓦礫般層層堆積的舊劇本和檔案下，發現了幾本日誌。日誌已經完全呈現焦黃色，上面佈滿灰塵，舊到即使放在神田神保町的舊書店裡也並不奇怪。

「印象有聽說過二十幾年前也上演過《花妖愛娜溫的獨白》……」

我立刻循著年代，調查起日誌內容。

日誌中記錄了各項活動，除了當年社團社員的姓名外，還有活動經費、社團內重要大事、參加明尾祭、文化發表會和地區活動的紀錄等等。當然也完全標註了上演的劇目。

昭和十七年、十六年、十五年——

隨著戰況越發激烈，活動規模漸漸縮小，劇目題材也轉為報效國家，從一本本日誌中可以感受到各時代的情況。

——社會在真正艱辛的時刻，真的需要娛樂、需要戲劇嗎？

當時的社員寫在某一頁的話映入了我的眼簾。

即使認真專注於演戲，當時的社員卻也痛苦煩惱著，這種心情彷彿也傳遞了過來。

我一邊想，一邊閱讀下去，冷不防地翻到了我需要的情報。

「有了！昭和十四年度！」

二十一年前。

日誌中這樣寫：

昭和十四年度　文化發表會・劇目《花妖愛娜溫的／白》　初演

因為日誌非常舊了，加上保存狀態也不好，用鉛筆寫的文字有一部分經過摩擦快要消失，但依然勉強可以讀懂。沒錯！是《花妖愛娜溫的獨白》。

「這一年是初演啊……」

我接著調查起當時的社員。

社長　——　齋藤惠子

副社長——田／花

社員——暮林渡

／員——東寬子

社員——鷹峰小百合

社員——／坂／／

社員——鈴村久／

社員——沖田早苗

社員——前田潛

社／——甲原美代

社員——／中多江

社員——木戸雅美

社員——田原／／

社員比起現在明顯多了不少，或許是社團非常興盛的時期呢！

「總之先記起來吧！」

我把社員的名字寫進自己的手帳中。

「……咦？」

過程中，我突然有所察覺，發現社員中有一個名字讓我有所猜測。

「鷹峰小百合……鷹峰？這個人該不會是……」

黏里的母親？

那時喜和子也說了，黏里的母親是這所學校二十幾年前的畢業生，似乎也是戲劇社社員。

鷹峰這個姓氏應該沒有那麼常見，我也不覺得同一姓氏的學生會有好幾人。這個人恐怕就是黏里的母親吧！

「黏里的媽媽以前也有演過《花妖愛娜溫的獨白》呢……啊！而且還是飾演主角采！」

也就是說，這次的發表會黏里飾演采，就變成親子二代飾演同一角色了！我不得不感嘆起所謂的命運。

據我聽說，黏里的媽媽後來當上了職業演員，雖然最後退隱了，但社員中出現這樣一個人物，真的非常厲害！

「咦……？難道……」

只要在發表會上演《花妖愛娜溫的獨白》，飾演者將來就會成為成功的演員。

「對啊！多希所說的那個傳說，就是因為黏里媽媽畢業後成為演員嘛！」

我看向公演後當時社長所留下的紀錄，第一次上演的《花妖愛娜溫的獨白》大受好評，似乎獲得了很高的評價。因此鷹峰小百合成為職業演員一事，便與上演《花妖愛娜溫的獨白》一事連結起來，從而誕生了「飾演者會成為成功演員」的傳說。

我從日誌中抬起頭來，吐了口氣，好一陣子都沉浸在自己發現神話誕生瞬間的興奮感當中。

「唉，這就與小時候偷偷潛入久堂老師書房，踮起腳遍覽舊書那時的心情……不對不對！現在不是沉浸在回憶裡的時候！」

然後，我又調查了《花妖愛娜溫的獨白》上演前那段期間社內主要大事和社員每天的感想。

這裡文字消失得很嚴重，難以完全讀懂內容。可是即使如此，我依然發現幾段描述，敘述排演中發生了好幾件詭異事件。

——○月×日　《花妖愛娜溫的獨白》排演第二天。沖田早苗在放學後被某個人丟了石頭，右手受傷。雖然沒有妨礙到演戲，可是讓人擔心這是不是什麼陰險的欺負手段。

——○月×日　在體育館排演時，組合大道具有一部分崩落，板子掉了下來，驚險地打到了鷹峰的頭。幸好沒有什麼事，大家都鬆了一口氣。大家都說不知道板子為什麼掉下來，完全不能理解。

——○月×日　最近社員間流傳起不祥的傳言，說《花妖愛娜溫的獨白》劇本遭到詛咒，真是無聊！什麼詛咒、作祟，都是沒有根據的妄想！《花妖愛娜溫的獨白》本來就是我們社團的傑出人才——不破豆凱薩新創作的劇本，這哪會有什麼詛咒？哪會有什麼作祟？為了今年發表會廢寢忘食寫出優秀故事的不破豆，不誇獎他反而刁難人家，真是豈有此理！

——〇月╳日　公演前一天，衣服被弄破了，是在社員稍微沒注意的空檔發生的事，該不會是真的有詛咒吧？不過現在也只能專注準備公演了。

接下來記錄的就是在遭逢苦難下，迎來公演成功結束的喜悅，還有慰勞感謝社員的話等等，沒有看到關於詛咒的描述，也沒有提及不破豆凱薩是社員中的哪個人。日誌大概只能獲得這些情報了！

我靜靜地闔上日誌。

再次抬起頭，外頭已經完全染上了暮色。

＊

我追著自己伸長的影子前進，出了校門後走在道旁，再從習慣的車站搭上習慣的電車。

或許是因為假日吧，延續昨日乘客依然很多，我又快要被壓扁了，就像鯛魚燒一樣。

我決定了！

今天筋疲力竭、渾身無力，直接回家吧！

可是當我彷彿被彈飛似地在神田站前下了車後，才想到今天早上家裡的冰箱幾乎是空的，除了醃漬小菜以外什麼都沒有，必須要買點東西回家。

這種時候，我就會直率地想：父女家庭真辛苦！

稍微煩惱了一下，結果還是用香菸店前的紅色公共電話打電話回家。

「喂，爸！是我啦，雲雀……不是火筷＊註3是雲雀！我買一些晚餐材料回去吧？……不是晚報，是晚餐＊註4！食材！冰箱空空的對吧？……你沒看？那你午餐怎麼解決的？假日很難得的很多客人？真是的！就算店裡很忙，不好好休息吃點東西是不行的！會死哦，一下子的！啊！這樣的話我就買可樂餅、高麗菜，還有豆腐跟味噌回家囉！嗯？也要鯛魚燒？鯛魚燒已經夠了啦！那我掛了哦……咦？希望我幫你去借書？跟久堂老師？為什麼又這麼突然……我知道了啦！然後呢，是什麼書？沙翁的十六？……那是什麼？只要這樣說他就懂了？那個，我說爸啊，別說這

＊註3　日文中雲雀與火筷同音。

＊註4　日文中晚報與晚餐同音。

種……」

說到這裡，我投進去的金額時間已經到了，於是電話被掛斷。

沙翁？

一位沒聽過的作家，還是這是老師和父親間互相交換的什麼暗號呢？

我把冒著熱氣的可樂餅抱在胸前，造訪了兩日不見的老師住所。

「老師，是可樂餅哦！不要害怕，快出來吧！」

邊飄散著美味的香氣，我邊往書房前進。

「快來看哦快來看！才剛炸好的哦！」

我正得意洋洋，卻突然被人從背後抱了起來

「真的耶！一個就像可樂餅一樣毫不性感的女人。」

是老師，什麼時候出現在身後的？

「放開我！變態！」

我一抗議，他就毫不客氣砰地一聲放下了我。

「什麼事？」

老師打開門，先行進入了書房，我在他身後說著：

「是爸拜託我，說他有一本很想要借的書。」

「書的話，我多到幾乎可以壓扁妳。」

「我想想，好像……他說只要說是沙翁的十六你就懂了……」

聞言，老師啊了一聲笑了。

「義房兄好像非常喜歡他呢，我知道了，妳拿回去吧！」

然後他便不作聲地坐到他愛用的椅子上。

「你說拿回去……我又不知道放在哪裡！」

剛剛老師也說了，這幢洋房裡確實有很多的書，多到可以在瞬間就把我壓成泥，遠不是搭乘客滿電車的那種程度可比擬。我實在懶得在這麼大量的書裡尋找不認識的作家作品，況且我今天還特別累。

「沙翁這個作家我第一次聽到，不要壞心眼，快告訴我嘛！」

「不應該是第一次吧！妳過去曾在這間書房好幾次聽過，還看過呢。」

「咦？」

我忍不住立刻掃視起附近的書櫃。

「看，妳現在也有看到啊！」

「欸欸？」

我又望向剛剛看到的書櫃。那裡陳列排放著奧斯卡・王爾德的《莎樂美》、森鷗外翻譯的歌德，還有席勒等劇作家的書。

「隨妳歡喜，哪本妳都可以拿起來看一看喔！」

「就算你這麼說……」

我半是走投無路地胡亂伸出手，拿下其中一本。

劇作家──戲曲──舞台劇──

感覺這陣子與這些東西非常有緣呢。

我才這樣想著，老師就發出感嘆。

「哦哦！比我想得還快呢！」

「什麼？」

「現在妳手上拿著的，就是妳在找的書。」

「咦？這就是沙翁的十六？」

我驚訝地確認書的封面。

上面寫著「沙翁全集　十六」。

「確實是沙翁……」

意想不到的偶然，但像這樣一看我還是沒有頭緒。既然說是全集，甚至還發行了十六本，這個人應該是非常有名的作家吧。

「這套全集是最近才買的書，所以妳還沒看過吧？不過他其他的書妳應該看過好幾次了。」

寫過許多作品，非常有名，還放在劇作家的書櫃裡——

這時我突然回想起老師說過的一句話。

「隨……歡喜……啊！我知道了！是莎士比亞！」

「沒錯，就是威廉．莎士比亞，一位從十六世紀末到十七世紀創作出無數作品的劇作家。」

的確好幾次聽過他的名字，也讀過他的書，《皆大歡喜》就是他其中一部作品。我一邊想，一邊翻開書，恰巧全集的第十六集中收錄的正是《皆大歡喜》。

「不過為什麼叫沙翁？莎士比亞難道是日本人？」

「妳是笨蛋嗎？莎士比亞這個名字在日本曾經寫作『沙吉比亞』，沒多久名字就被縮寫，加上敬稱，所以才變成沙翁。」

「原來是這樣啊！我都不知道……」

「對吧對吧！」

他好像非常開心。

「義房兄現在正依序向我借，應該是很想看下一本，所以才拜託雲雀來拿的吧！可能是讀了這套全集，義房兄才習慣把莎士比亞叫做沙翁。」

「所以爸他才在電話裡猛地說了沙翁啊……我還想說不必用那種充滿暗號的方式告訴我也沒關係呢……唉——唉！我煩惱了根本不需要煩惱的事嘛！」
瞬間，我又感受到自己更加疲倦。
「這也不是什麼暗號不暗號的啊。況且妳為了一個暗號苦戰，偵探之名都要流淚了，還是大哭呢。」
「唔！如果我沒有這麼累，解開這種小小的暗號不過就是一瞬間的事啦！」
「喔？」
我正要生氣地反駁他，就聽見他如蛇般的竊笑。
「那麼當然前幾天的**那件事**妳也發現到了吧？」
「那件事？」
完全不知道他說的是哪件事。
我歪了歪頭，老師便彷彿在看什麼珍稀動物似地望著我。
「妳該不會還沒注意到吧！」
「真是的！所以到底是什麼事啊！」
「妳這傢伙真是……四處調查下還是浪費這麼多時間，就像是前進六步退後三步的膽小狸貓一樣啊！好，送妳一句和現在的妳非常相稱的話吧！」

老師說完，便取出一張空白稿紙，流利地在上面寫上文字，遞到我眼前。
「很可貴的一句話，妳好好思索一下是什麼意思！」
紙上這樣寫了：
IFUTOKASUROTAWO
「……這是什麼？」
我完全不能理解。
「解讀給我看看啊！這就是一個手掌大的事，對吧？」
「不是一個手掌大，是一瞬間的小事啦！這該不會也是暗號吧？嗯……IFU……說？一說就出現變化？……ROTA……歌？*註5一說就出現變化的歌？」
突然開始的偵探測驗讓我的腦內一陣忙亂，思考好一陣子後，我提心吊膽地回答：
「是平安時代的和歌之類的？」

*註5　「說」的日文讀音為IU，與IFU相似；「變化」的日文讀音為KASU；「歌」的日文讀音為UTA，與ROTA相似。

老師露出大為失望的表情，捏著我的鼻子。

「不容置疑的不及格！妳的腦髓不是可以解開暗號的構造呢。」

「怎麼會！」

「我剛剛有給妳提示吧？說妳是膽小的狸貓。」

「狸貓……？」

我試著回想老師說的話。

「……前進六步，退後三步？」

「沒錯。」

如果前進六步退後三步，最後就是前進了三步，我重新再思考一次，嘗試套用在眼前這段謎一般的句子上。

「啊！這段文字全部前進三個假名就好了！」

理解原理就很簡單了，這樣一來，「I」就變成「O」，「FU」則是「MA」。

老師所說的可貴的句子到底是什麼呢？我的心中充滿期待。

我嘴裡唸著五十音，努力地數著手指完成解讀。

結果出現的答案是——

OMANUKETANTEI

「OMANUKE TANTEI……愚蠢的偵探……」

出現了一句完全沒有任何可貴之處的句子！

「真是的！又把我當笨蛋！」

「啊哈哈！挪動三個字閱讀的暗號，就叫做凱薩密碼或是凱薩加密，多學了一課吧？希望妳可以用在日後的偵探生意上呢！」

說完，老師果真露出了滿足的表情，開始轉向自己的稿子。

「這樣的話！所以呢！你還有其他要說的話吧？」

太過懊惱讓我啪啪地拍打著老師的背，不過對老師完全沒有效果。

還真是無所作為的浪費時間！用了這麼長時間就為了開我玩笑？在我這麼忙碌的時刻！忙碌？我是為什麼忙碌啊？

「……啊！對了，是戲劇社！我終於想起來了！老師，快聽我說！」

回想起今天發生的事，我拿著沙翁全集逼近他。

老師的大手包覆似地握著鋼筆，正在稿子上書寫文字。他的動作非常順暢，就如同美麗的清流一般。

「被弄破的盆栽，還有密室中遭到撕裂的洋裝……啊。」

他沒有停下撰寫稿子的手，應和著我的話，接著轉過肩膀回過頭，用惡魔一般的表情笑了。

「雲雀……」

「我、我知道啦！接受委託之後卻沒辦法防止第二次犯罪，都是我不成熟的關係……」

就算不用他壞心眼地指出來，很多事我也深有同感。一想到要是這事關乎人命，我就會覺得自己很不中用。

低垂著頭，意料外地聽到老師說：

「妳在說什麼，妳這不是很完美地完成偵探工作了嗎？」

「咦？為、為什麼會變成這樣？」

明明我身為偵探卻什麼都沒有做耶！露出惡魔般的臉孔卻說出這麼溫柔的話，老師到底發生什麼事了？

「**這樣不是很好嗎**？所謂真正的偵探，大致都是在事件發生到結束後，才開始進行推理的。悲劇接連發生，已經不能再繼續下去了——這種時候才發揮本領，這就是偵探！所以現在這陣子妳的毫無行動非常好！是無能又無腦的名偵探啊！」

「要你多管閒事！」

他果然是惡魔！

「我的確沒能阻止犯人犯案，不過昨天花盆破掉後我有做了偵探該做的工作！」

「哦？」

「我立刻調查了土，還從土的乾燥程度推測出盆栽是什麼時候破掉的。依照我的推理，犯罪時間是在前一天放學後，戲劇社員回家後的事情！」

怎麼樣啊？

「不合格。」

「欸——？」

「妳為什麼認為土是『從濕潤到乾燥狀態』呢？」

「你問為什麼……因為花不是得要澆水嗎？戲劇社裡一個叫做大河內的人好像每天都在上課前幫盆栽澆水哦！所以盆栽破掉，土散落到地上，接觸空氣後才乾掉……」

我的想法有出現什麼錯誤嗎？

老師誇張地翹起另外一腳，邊說道：

「如果一開始花盆裡的土，就已經乾到某個程度的話呢？」

「咦……？可是這樣的話大波斯菊會枯萎……」

「大波斯菊是不太需要澆水的花，乾燥地的植物只要日照充足，在貧瘠的土壤中也可以成長。」

「我……」

我都不知道。

「完全不澆水的話當然會枯掉，不過一定程度的乾燥是沒問題的。要是原本土就是乾的，那麼即使花盆剛破掉，感覺也像是在好幾小時前就已經被弄破了，對吧？」

——那個時候，盆栽才剛被打破嗎？

如果是這樣，那麼就是當時在社團教室裡的某個人犯下的了。

「可是……並沒有確切證據……」

「當然沒有啊，就現狀來說啦，只是有這樣的可能性而已。不過妳卻沒有注意到有這種可能，斷定了犯罪時間，所以我才說妳失去資格。」

「唔唔……」

我雖然想要反駁老師的推理，但什麼都想不出來。過度懊惱下，我緊咬住無關的地方。

「長得那麼兇惡卻對花很瞭解太狡猾了！明明臉長得就像是會捕食蒼蠅融化的食蟲植物一樣……」

後半句我低聲喃喃，避免他聽到。

「我聽到了喔！」

老師微微一笑。

「好，那我就在妳的大腦裡埋入向日葵種子吧！用雲雀當養分，感覺會亂長到很高大呢。」

「才不要！」

討厭！

「不過在排演中，到底是誰把盆栽弄破的呢……？」

我嘗試回憶起那時候的事。

昨天排演時，我一次都沒有進過道具間。靜子學姊、郁美學姊、鮎里和喜和子都專心在戲劇練習，應該也沒有走進去過，但我沒有一直盯著她們看，所以無法肯定。

市川和大河內兩個人又如何呢？立場上，為了確認服裝和小道具，他們平常應該就會出入道具間，實際上他們也曾證言在排演中，有為了搬運道具進去過裡面。

弄破盆栽並不花時間，僅需要揮動一下鈍器之類的工具就好，可是弄破時的聲音該怎麼處理呢？

是用布之類的東西包起來才敲破花盆的嗎？

我專心推理之時，老師說了：

「問題不是只有那樣吧？」

不知何時，他在我頭頂放上大量咖啡豆，逕自玩了起來。

「你在幹什麼啦！我會變成渾身充滿咖啡味的女生耶！」

雖然我很喜歡咖啡的香氣，但全身染上咖啡味的少女就會變成大問題了。

老師一直隨身攜帶裝有咖啡豆的小瓶子，一旦寫不出稿子感到焦慮，他就會拿出瓶子，喀哩喀哩地直接嚼碎豆子——如此詭異的情境就宛如新品種的妖怪。

「好幾年前就已經來不及了！妳已經變成我喜歡的味道了——！」

看到我真的覺得厭惡，他似乎又更開心了，甚至把小瓶子靠到我嘴邊，硬是想讓我吃下去。

「嗚啊！」

老師像這樣欺負我並沒有特別的原因，大概是因為不喜歡我把他丟著不管，只顧著嚴肅地進行推理吧？

「快住手！接下來就要吃晚餐了，這樣會吃不下的！比起那個，你說問題不是只有那樣，到底還有什麼問題？」

「就是最重要的舞台劇啊！妳真的能夠站到舞台上演戲嗎？」

「沒問題的！我跟著大家努力排演過了，今天也是！」

今天上午下午才好好地經過一番排演，我的確無法說自己演技好，但台詞我都記住了，站到舞台上時也會意識到需要誇張的肢體動作。

「太天真了！明明灑上了這麼多的苦咖啡豆，妳卻還這麼天真！＊註6」

「咦？為什麼？」

「大眾戲劇的歷史很悠久，久至紀元前就開始有所謂的古希臘悲劇，日本在繩文時代，據說也有過類似演戲的行為，作為祭祀的一環。妳好不容易才走到了入口，卻這麼驕傲自滿！真令人嘆息！不，真令人畏懼！這種傲慢真是恐怖！」

這件事被他說得這麼嚴重，我實在無話可說。

「而且戲劇的魅力並不只在演戲，舞台佈置、燈光、音樂、服裝，各自都經過了努力與歷史的累積，才支撐起了今天的戲劇。只要自己沒有搞錯台詞就好，這種想法本身就是大錯特錯！」

「我當然知道……」

騙人的，老實說我的腦海中只充滿了我自己的台詞。

「以歌舞伎來舉例，江戶時代就有讓觀眾驚呼的技巧呢。」

「像是？」

「例如換裝。」

「換裝？」

「也就是迅速換掉衣服。演戲途中，在舞台上一瞬間更換衣服的神速技巧；迅速脫掉穿在外

＊註6　日文中「天真」與「甜」同音。

面的衣服，然後立刻露出穿在下面的衣服，劇目如《東海道四谷怪談》就非常有名。當然大道具的機關也是一樣，快速更換場面時所用的場景切換、迅速切換兩個角色的門板返回*註7，還有讓建築物崩毀時雖盛大卻不會危及演員、觀眾的機關等等，各式各樣。」

我已經無法闔上嘴了，只能大大地張著嘴巴，聽著老師的講解。

「戲劇演出不是僅靠一位優秀的演員來完成的，招來客人的或許是招牌演員或女演員，但光是一個人站在舞台上是無法完成舞台的。試著讓演員在什麼都沒有的路上演戲，應該會與有幕後、有配角的演出大相逕庭。」

僅靠一位優秀的演員無法完成戲劇演出。

這句話莫名地擁有說服力，在我心中徹響。

「老師……我現在總覺得好感動！」

「對吧對吧！所以妳就把這本書從頭讀過重新學習，再一次凝視自己吧！」

這麼說完，老師便向我推來一本《歌舞伎入門・幕後篇》。

「那個……我要做的不是歌舞伎也不是幕後……」

我如此告訴他，他卻完全不聽我說。

「徹夜好好讀完它！」

每當事情變成這樣，老師就會不願放棄。他不會告訴我這只是個小玩笑，一旦他命令我看，那麼無論發生什麼事，他都會一直囉唆著叫我讀——從以前開始就是如此。

「說什麼徹夜，這麼蠻不講理的……」

我嘟囔著一邊抱怨，一邊翻開他推來的書。

即使排演很累，但拿到一本書我還是忍不住開始看起來，這是我的壞習慣之一。要是把書帶回家，感覺真的會看一個晚上，還是現在趕緊看過一遍吧！

老師似乎已經對我的存在失去興趣，埋頭在他的稿子裡，不過我卻也很快地被那本書吸引了進去。

迄今為止從不知道的歌舞伎世界，隨著新鮮的驚異感，以文字的方式進入了我的眼簾。

書裡也有剛剛老師所說的換裝的詳細解說，雖然都叫做換裝，不過似乎還分有「套上」、「垂下」等種類。

除了服裝之外，歌舞伎中所用的假髮也可以窺見各式各樣的細節。舉例來說，書裡也有介紹在《東海道四谷怪談》中，變醜的阿岩用梳子梳過自己的頭髮時，頭髮一縷一縷地掉落下來，這一幕就採用了稱為「梳頭」的機關。

我的目光沉浸在長遠時光中所培育出來的種種智慧裡。

＊註7　在前後兩面模樣不同的門板上挖洞，僅露出扮演者的臉，翻轉門板即可迅速切換角色。

老師身為作者，而我則是讀者，各自面對著文字。兩人互相沉默，好一段時間都埋頭在自己的世界裡。

「嗯……？」

過了一會兒，我從《歌舞伎入門・幕後篇》介紹的一項技法中，有了一絲想法。

「這個是……」

那瞬間，我驚訝地嚥下一口氣，忍不住從沙發站起身來。

——原來是這個樣子！

剛剛所讀的部分直接化作一道閃光，接著又成為照出謎團的光芒。

所謂謎團，指的當然是在這次委託的案件——花妖愛娜溫的詛咒中，一連串事件裡所使用的手法。

「這樣啊……那個人是用了這招才完成犯案……！老、老師！那個……這本書裡發現了很關鍵的線索……」

我正要向沉默著撰寫著稿子的老師搭話，卻打消了主意。

我雖然不清楚老師是基於什麼念頭叫我看這本書，這或許只是單純的偶然，他只是像往常一樣捉弄我，可是我卻因為它，成功地在走進死路的推理中發現了活路。

我在老師的背後輕輕地說了句話，然後悄悄離開了老師家。

「老師，謝謝。」

還在桌上放了一個可樂餅。

回家後，我立刻準備晚餐，與父親一起享用。

「雲雀，妳每天都很努力排演呢！這樣將來會成為演員嗎？未來有一天與雲雀在銀幕上共演的明星，就成為我們店裡的常客……啊！不過雲雀沒什麼演技又不漂亮，應該沒辦法吧……」

「我說了我只是幫忙扮演配角而已吧！」

吃完晚餐收拾餐具後，回到房間，我便倒進疊好的棉被上。今天真的好累！

無意義地把嘴巴靠上枕頭發出了「嗚～」的聲音，接著又唱起《蒲田進行曲》中的曲子。

一邊唱，我一邊慢慢地回想今天一天發生的事，但卻沒辦法如我所想地整理出頭緒。

事件的案發時間散亂在腦海中，耳邊所聽到的話語也無法順利連結起來。鮎里口中的無心之語和她劇中的台詞混雜在一起，漸漸地無法分清哪些是現實哪些是演戲了，中間界線太過模糊。

雖然多虧了老師，我終於知道犯罪的手法，但還不知道犯人的動機。

那個人到底是為了什麼目的，不斷做出這些事呢？

為什麼會是《花妖愛娜溫的獨白》呢？

只要不明白這一點，就不能把那個人視為犯人。僅僅是判斷那個人犯下罪行，一旦被對方反駁：不知道、我沒有理由做那種事，破案也就到此為止了。
我的視線望向書桌上的劇本。說起來，從背好台詞之後我就再也沒拿起劇本了，一直都放在這裡。
「不破豆凱薩……」
輕輕唸著封底上印著的作者名字。話說回來，這位不破豆凱薩到底是什麼人呢？
「凱薩……不破豆凱薩……」
思緒突然彷彿觸及到什麼，我將意識集中在這個名字上。
凱薩。
這個字剛剛才聽過——
「凱薩密碼！」
是老師告訴我的加密法！
「該、該不會……只要挪動三個字……」
我嘗試著照著「FUWASU」發音挪動著假名，但卻只是變成「MAADA」這種看來沒有意義的文字，於是接著我又轉而試起「FUHAZU」*註8。
「MAHE……？MAHE……MAHE……」
我望著虛空碎唸著MAHE的模樣如果被人目擊，或許會獲得許多關心，不過我不在乎舉止，埋頭思考下終於獲得了一個解答。

「ＭＡＥＤＡ！」

我趕緊打開放在枕頭邊的手帳，急不可耐地翻動頁面。

找到抄著二十一年前的戲劇社社員名冊的那一頁後，我用手指追著文字。

齋藤惠子、暮林渡、東寬子——

「因為寫得太急了，字好醜……」

心情有些沮喪，但現在這種事都無所謂了。

「喂——！爸爸先去洗澡囉！」

走廊那邊傳來父親的聲音，我一邊回應，雙眼卻沒有離開手帳。

鷹峰小百合、沖田早苗、前田潛——

「有了！前田……ＭＡＥＤＡ……ＳＥＮ＊註9？好奇怪的名字，是女生嗎？這個人就是《花妖愛娜溫的獨白》的作者……」

二十一年前戲劇社的劇作家。

＊註8　日文中的ＨＡ（は）在某些特殊情況下也會唸做WA。

＊註9　潛的日文讀音可念做SEN及HISOMU。

——前田。

「咦？前田……啊！」

我對這個名字有印象。

這個姓氏再度刺激了我的記憶，就像從不破豆凱薩連結至凱薩密碼一樣，前田這個姓氏，又聯繫到我意料之外的另一人物身上。

我從棉被上跳起來，來到了咖啡館店內。

「爸，我用一下電話哦！」

入浴中的父親大聲同意後，我拿起話筒，轉起轉盤，告訴接線員號碼，等待聯繫上那個人。

不久，聽筒那一頭傳來了熟悉的溫暖聲音。

「您好，這裡是『穀雨堂』。」

「枯島先生！那個，我有一件事想請問你！」

「哎呀，是小雀啊！這麼急怎麼了嗎？」

「枯島先生昨天去看的那個朋友的劇團……！」

*

過了一晚，到了正式公演前一天。

體育館右舞台的側台上，製作完成高等女子學校正門佈景正靠著牆壁立著，這是大河內完成的作品。門的尺寸實際上足夠人不疾不徐地通過，只要放在舞台上，魄力一定能拿滿分！

其實這扇門中設置了機關，拉下通過這扇正門中的那條祕密繩子，正門便會分解崩落——這是大河內精心打造的機關。

故事結尾，包括女子學校在內，整個城市都遭到了大地震襲擊。在這一幕裡，正門會華麗地崩解開來——沒錯，就是建築物崩毀的機關。

這種崩毀作為表演，當然有經過精密計算，沒有任何危險。

今天早上排演時就有實際試著崩解正門，在那裡演過一遍了。那時正門也如計畫一樣安全地分解開來，這樣一來，表演上與安全上的確認就都沒有問題了。

現在的時間是中午十二點二十八分，體育館中沒有任何人。

午休時間才剛開始，幾乎所有學生都在教室吃午餐，如果不在教室，那就是擠在合作社中。

可是，側台卻有人影在移動。該位人物在道具正門前放上一張折疊椅，站了上去，不知道在做什麼。

我從左舞台側台偷偷地觀望著。

——好，走吧！

片刻，我從那人行動中獲得確切證據，進行了一個深呼吸，踏上舞台——沒有半位觀眾、沒有掌聲、沒有喝采的舞台。

對方尚未注意到我。

待我走得很近後，才從對方身後出聲道：

「這就是最後的機關吧！」

我是打算低聲說話的，即使如此，聲音卻輕輕地響遍整個舞台。

那個人一瞬間停下動作，然後這才慢慢地轉過身來。

側台只有一扇小小的四角窗，非常昏暗，而在這如同造假般的黑暗之中，那對方靜靜地走下椅子。

「把多希從樓梯上推下去、弄破鮎里的盆栽、撕裂衣服洋裝，最後就是正門——看來是打算要把花妖愛娜溫的詛咒表演到底呢！但是，已經足夠了哦！早已沒有這個必要了。」

我直直地望進那個人的眼中。

「所以，快住手吧！」

舞台上充斥著些許灰塵的空氣，感覺化作了一個無聲的漩渦。

第四章　謝幕吧！

體育館共計有五個出入口，正面一個，兩旁各兩個，不過現在所有出入口都關了起來。

這個時候，正有許多學生在北校舍聊天、併起桌子打開便當，然而那些紛擾並沒有影響到這裡。

「花本同學，妳到底是什麼意思……」

那個人從舞台側台的暗處，望著站在中央的我。

我手指向他，觸及核心。

「花妖愛娜溫詛咒的真面目就是你，市川！」

明尾高中戲劇社負責服裝的——市川忍。

他正是設計了一切詛咒的犯人。

高雅的秋季日光灑落在市川臉上，他瞪大眼，佇立在那裡。

「妳說我……做了什麼？詛咒……？我只是為了明天公演在進行檢查哦！」

他好像懷疑除了我以外是不是還有其他人在，踮起腳往我背後看去。

「你的呼吸亂了呢，市川。午餐都沒吃急急忙忙跑來這裡，負責服裝的你為什麼要檢查道具呢？」

「那是……」

要分出勝利，就只能在今天的午休時間。

我這麼想。

下課後還要進行公演前的最後排演，我想要在此之前揭發真相。

於是一到午休，我便急忙地前往市川的班級，沒想到教室卻沒有看見他的身影。問了他同學，他同學說他一下課就迅速地離開了教室。

「會不會是去合作社了？咦？但是那傢伙好像都是帶便當……今天忘記了嗎？」

至此，我已經想到了市川前往的地方。

「然後我趕緊來到這裡一看，市川你果然在。」

才剛指出市川呼吸不穩，我自己卻也喘了起來。

「你避開別人來到這裡，就是為了要著手進行花妖愛娜溫最後的詛咒。」

市川踉蹌了兩三步，一邊抗議道：

「妳是要說我是妨礙戲劇社公演的犯人嗎？妳有什麼證據……」

「你現在藏在後面的東西就是證據哦。」

我的話可能讓他大吃了一驚，才剛說完，他藏在背後的東西便從他手中滑落下來，撞上地板，異常劇烈的聲響頓時傳遍整座體育館。

那是一個大槌子。

「那是放在戲劇社道具間裡的工具對吧？正門佈景裡的內側有個空洞，你打算把那把槌子偷偷放到那裡去，或許不只這樣，還有其他的……」

螺絲釘、圖釘，說不定還有鋸子。

「藏在裡面的東西是什麼都好，只要排演進行到地震那一幕分解正門時，有預定外的危險物品掉落在鮎里身邊，你的目的就達成了。」

「目的……是為了讓社團大家認為詛咒降臨嗎？」

「不，不是這樣的，詛咒不過是個掩護，本來就不需要硬要讓我們相信呢！就算大家總結認為有什麼人想要妨礙戲劇社公演，你也無所謂。你的目標一開始就只有鮎里一個人，而且只在公演前這段期間。只要鮎里將降臨在自己身上的事件與劇中采所發生的事情重疊在一起，能夠更加融入角色之中，你就覺得很滿足了吧！所以你並沒有要讓鮎里本人受傷，除此之外，一切都照著劇本一一引發事件。讓多希受傷、弄破大波斯菊的盆栽、撕裂洋裝——」

我邊列舉之前發生的事件，邊回想著每起事件各自的情況。

「等一下！後來不是說大波斯菊的盆栽在早上社團活動開始前就已經破了嗎？這樣一來，機會就只有前一天下課後了。可是那一天下課，我在社團活動結束後，就直接和大河內一起離開學校了哦！這是真的！如果妳懷疑，可以問大河內下課後的事情！」

他表示自己並沒有弄破盆栽的機會，下課後他確實沒有這個機會，但是——

「在早上社團活動時就可以辦到了。」

「妳說社團活動……所以不是說那個盆栽裡的土是乾的嗎？怎麼看都是破掉之後經過了好一段時間吧！」

我搖了搖頭，否定了他的話。

「如果一開始花盆裡的土就有點乾的話呢？」

我的一句一字都是來自久堂老師的現學現賣。

「咦……？」

「只要刻意不為盆栽澆水，調節成那天那個瞬間土剛好呈現乾燥的情況，那就可以辦到了！犯人就是知道那個時間點土是乾燥的人呢！」

「這樣的話……負責澆花的大河內……」

我對他的話又搖了搖頭。

「市川，我聽到昨天你跟大河內間的對話了，只有花盆破掉的前一天，你代替大河內去幫花澆水吧。」

「啊！」

他捂住嘴，彷彿是在說糟糕了。

「你用了某個藉口，從大河內那裡接過了澆花的工作，但其實你並沒有往盆栽裡澆水，只是就這樣等著土乾掉。」

「但是……社團活動中花盆破掉，怎麼樣都會發出聲音，會被發現的！」

確實如此，就算再怎麼注意，還是極有可能被大家聽到動靜，可是只要利用某件事，就可以辦到了。

「那個時候包括我在內，有角色的社員都專注在排演上，並沒有那麼注意你和大河內在做什麼。正因如此，大家都無法掌握有什麼人在什麼時候進出了道具間。可是，只有那個聲音還殘留在我耳邊。」

碰、碰、碰、碰——

「是大河內敲槌子的聲音哦！那個時候的確很清脆地徹響在社團教室裡，如果是配合那個聲音的時間敲破花盆呢？聲音會被聲音蓋過，誰都不會發現了，不是嗎？」

遠遠可以聽到校內廣播，某個人叫了某個人前往職員室，但那彷彿與我們現在所處的空間完全是另一個世界。

如同風輕輕搖動起花草一樣，市川微微笑說：

「……既然妳都說到這裡了，那麼也會告訴我撕裂洋裝的方法吧？」

這句話的意思，就是我所揭穿的弄破盆栽手法並沒有錯吧。

「社團教室、道具間都上了鎖，而鑰匙總是社長拿著，另外我們那個時候都在離社團教室很遠的體育館內，我要怎麼犯案呢？從這裡到社團教室再怎麼趕，來回應該也要花上三分鐘呢！」

我們進行第一次綵排時，市川與大河內就在舞台側台專注於各自的作業。

沒有機會避開正在演戲的社員——靜子學姊、郁美學姊、鮎里、喜和子和我偷偷離開。

市川要是去幫忙大河內，那麼兩人應該總是一起行動。

我說明了上述開場白，市川便回答：「就是這樣。」

「大家應該都有不在場證明呢！不可能不被任何人查問就擅自回到教室。」

「沒錯，排演時的確誰都不可能偷偷前往社團教室，我也在這個問題上煩惱很久。不過，**前提從一開始就搞錯了！**」

「前提？」

「我們離開社團教室，走出道具間的前一刻看到了洋裝，然後排演結束回來後，洋裝已經撕裂開來了。這樣一來，當然任何人都會認為洋裝是在排演時被撕裂的，可是——」

洋裝在排演中被撕開——這個前提其實並不正確。

我說完，市川便瞇起眼望著我。

「……所以妳到底想要說什麼？」

他的口吻充滿挑釁。

我平復心情，冷靜地說：

「犯罪時間是在我看到完成的洋裝、離開道具間後，直到靜子學姊鎖上門的這段期間。」

我再次回想起那瞬間的事情。

我與市川欣賞著並排在一起的洋裝完成品，這時，郁美學姊從社團教室叫了我們，說差不多該前往體育館了。

於是我先行出了道具間。

那時候，市川又比我多在道具間停留了幾秒，注視著洋裝。

彼時我以為他是沉浸在洋裝終於完工的感慨中，但其實並非如此。

回到社團教室的我對著鮎里、喜和子說話時，他就完成了他的犯行。

「在那幾秒的時間裡？再怎麼樣也不可能那麼迅速。」

「不是不可能，只要使用某種機關就很簡單哦！然後那個機關，現在也還留在那件洋裝上。」

我轉過半身，指向自己的背後──左舞台。那一頭的舞台側台上排放著服裝，全都是市川精心製作的作品。

其中，排列了兩件特別美麗的洋裝。

一件是喜和子要穿的，另一件則是鮎里要穿的。

鮎里的洋裝是今天早上市川重新製作後帶來學校的作品，僅僅一天就準備好代替品，而且還與原本的洋裝一模一樣，讓靜子學姊和郁美學姊都對市川大吃一驚。

這兩件美麗的洋裝旁有一個瓦楞紙箱，裡面就放著那件疊好的破爛洋裝。

「剛剛我進了那邊側台調查過了，果然發現了那個機關。雖然你有說過要小心不要去碰，免得弄髒公演要使用的重要服裝，抱歉呢！可是這個提醒也是要避免大家仔細去調查洋裝的預防針，省得洋裝上的機關被人發現。」

我邊說邊走過去，來到左舞台，從紙箱中拿出洋裝，然後輕輕地捏著肩膀部分，提了起來。

洋裝如同花束一樣，在舞台中央輕飄飄地展開。

就算被殘忍地撕裂開來也依然很美，在我眼中相當漂亮。

或許市川也是這麼認為的，他的雙眼就是如此地緊盯著這件洋裝。

接著，我摸索著裙子下襬，找到了巧妙隱藏起來的布製機關。捏著它，慢慢地拉起裙子。

這時，第二件裙子便從下面出現了。

「你看，用裡面的蕾絲掩飾，裙子中還藏了另外一件裙子。」

雙層裙。

就這樣繼續把裙擺往上拉，便正好以腰際部分為中心讓裙子覆蓋住上半身了。如此一來，藏在裙子裡面的布料完全顯露出來。

那是撕裂開來前的洋裝原始模樣，與排放在左舞台那兩件洋裝幾乎一模一樣，完美無瑕。

「這件洋裝原本是這個樣子，而這一段拉起來的部分，則用線縫在肩膀上呢！洋裝之所以要做得這麼膨，也是為了要隱藏這個機關，對嗎？」

然後我突然放開拉高到肩膀的布料，布料便輕飄飄地落下，蓋在裙子上面。就這樣，洋裝再次回到了表面撕裂的狀態。

「這在歌舞伎裡叫做『垂下』呢！你實際上並不是把洋裝撕裂開來，而只是是在製作洋裝時，一開始就製作了看起來彷彿是撕裂開來的部分。接著只要抽掉肩上加工的線就完成了。這種機關不需道具也不花時間，你就是這樣一瞬間迅速換掉了洋裝的外觀。」

關於這番推理，昨天久堂老師讓我看的《歌舞伎入門・幕後篇》大大派上了用場——我在心中感謝著老師。

「花本同學……妳從、從哪裡注意到這件事的……？」

「是後來才想到的哦！從社團教室前往體育館途中，市川你的口袋裡垂著一條白色的線。」

市川似乎也記得那時候的事情，露出了痛苦的表情。

「那時候我以為只是線頭，後來知道迅速換裝的『垂下』手法後，我才從那裡推理聯繫上的——那條線頭是從洋裝肩膀上取下的。可以在洋裝做如此精細加工的就只有製作者本人市川，而且最後在洋裝旁邊的也是你，沒有其他的嫌犯了！」

說及此，我仔細地疊好洋裝，再次收回瓦楞紙箱中。

「今天早上帶來替換的洋裝是本來就做好的吧？因為你從一開始就知道其中一件要用在這個機關上了。」

他沒有回答，不過他的表情已經給了我答案。

「已經可以了吧？市川，可以閉幕了。」

市川好一陣子沒有動，就像是深冬裡的枯木一樣。過了不久才放鬆肩膀，無力地坐在折疊椅上。

「……輸給妳了，我沒想到會是這種發展……」

在他說話間，夾雜了椅子的傾軋聲。

他抬起頭，用讓我驚訝的輕鬆表情說：

「對，沒錯！一切都是我一個人做的。」

市川坐在置於側幕之間的折疊椅上，手肘拄著雙腿，姿勢看起來彷彿是「沉思者」。他的表情看不見焦慮或苦悶之色，保持平靜，舞台側台簡直就像是他所應該身處之處。

他宛如是劇中印象深刻的對白般如此說道：

「一切都是為了她。」

明明沒有風，我卻覺得天花板的布幕似乎搖動著。

「是鮎里吧？」

「我希望幫助她成為真正的演員。」

市川憐愛地說出了演員這個詞。

「鮎里她呢，是天生的演員哦！不是只有外表，她還擁有比誰都能夠融入角色的特殊才能。只是她還沒辦法完全掌握，也尚未察覺到自己的才能。她太溫柔、太沉穩了。如果是普通的女生，那會是很棒的事情，可是若要成為演員，這樣是不夠的。一直顧慮別人、配合別人，無法演出自己的戲，在這一點上，乙羽同學就很厲害，完全不在乎周圍，必要之時也可以讓自己跟隨別人，擁有很剛強的地方。乙羽同學也是優秀演員的種子，可正因為這樣，我才更希望現在的鮎里能夠成長，不然，乙羽同學就會走在她前面了……」

「市川，你一直對鮎里她……」

「一年級我進入戲劇社見到鮎里那時，就被她吸引了。鮎里的演技奪去了我的心神，從那之後，我就一直守護著身為演員的她的一舉一動呢！她一定可以成為很棒的演員的……我這麼堅信著。」

他彷彿是望見了希望本身，眼神朝向虛空。

「如果有人說這就是戀愛，我會回答不是，這種感覺並不是愛情。目擊從未見過的壯大積雨雲漸漸改變形狀時，妳也會忍不住看到出神吧？看到彷彿可以走過上面的鮮明彩虹時，妳會停下腳步一直凝視著，對吧？對我來說，她就是這樣的存在。」

他並不是將之當作個人，而是當作某種現象，注視著演員——鷹峰鮎里。

「可是……最近的她卻不夠精彩，停滯不前了。她那樣的才能，不能就此埋沒下去，我這麼想。我沒辦法忍受那夢幻般的雲朵、彩虹，會如同玩笑一般消逝無蹤。這樣的話，我就要保住那抹光芒，在今年發表會，我決定要讓她以演員身份大放異彩，所以——」

所以才模仿《花妖愛娜溫的獨白》劇本犯案。

「那就是你的動機吧？」

「沒錯，讓鮎里有與主角——采相同的體驗，讓鮎里不得不接近角色境遇、深深去理解采的想法。」

讓她盡量完全融入角色之中，使她與角色化為一體。

「我裝出若無其事的樣子推薦《花妖愛娜溫的獨白》當作公演劇目呢！問大家今年要不要演這齣戲。大家似乎都曾聽過傳說——只要在發表會上演這個劇目，完美地成功落幕後，飾演角色的人將來就會成為成功的演員——所以我的這個建議，比我所想的還要順利受到採納了。」

市川想要透過上演《花妖愛娜溫的獨白》，將鮎里推入真正女演員的領域，就像是二十一年前的鷹峰小百合一樣。

「我當然知道以前她母親也演出了相同角色，自然也知道後來她母親成為了職業演員哦！正因為如此，我才認為只要演出這齣戲，鮎里一定也能有所成長、逐漸進步。」

加上他所製造出來的詛咒，十足發揮了效果。

「她隨著一件又一件的事件，與自己的角色產生共鳴，漸漸地融入進去。」

我確實也有發現到。客觀上來看，鮎里的演技隨著時光流逝越發精煉，漸漸地越來越驚人。那與其說是用演的，不如說她彷彿已經成為了采本人一樣。

「最後，你在那個正門佈景偷偷放上重量足夠的東西，又想讓鮎里去經歷與角色同樣遭遇——逃離因地震導致崩毀的校舍的采一樣的遭遇。」

「沒錯，這樣我的目的就達成了。明天，完美融入角色的鮎里就會在公演中展露出驚人的演技，獲得觀眾的喝采，接著在不停歇的掌聲中落幕……應該是這樣的，可是花本同學，一切卻都被妳看穿了。」

他說著這些話，目光都沒有從我身上挪開，那是與內向的他的印象相差甚遠的強烈視線。

「一開始妳代替別人來到社團飾演配角時，我原以為妳只是個完全不懂演技的外行人，沒想到暗地裡卻隱藏著爪子。」

完全在我預料之外呢！他說。

「配角中應該沒有偵探才對。」

我進入戲劇社確實是為了代替多希的角色，但真正的目的卻是以偵探身份，調查花妖愛娜溫的詛咒。在此一層面上，或許也算是擔任偵探這個角色的演員吧！

市川認了罪，動機也明確了。

這樣我身為偵探的工作就結束了！

可是，我還有一件想要問他的事。

「照著劇本逼迫鮎里融入角色……你最初會起這種念頭的理由，方便的話可以告訴我嗎？」

我問道，他卻露出了些許躊躇。

「那是……」

見他猶疑，我便率先開口：

「你認識一位叫做前田ＨＩＳＯＭＵ的劇作家吧？」

說出這個名字的瞬間，市川發出聲響，從椅子上站了起來。

「難道……花本同學，妳甚至調查到……」

他非常驚訝地瞪大雙眼，片刻後彷彿吞下所有感情似地點點頭。

「沒錯……前田HISOMU就是我的父親。」

前田HISOMU現在仍以東京為中心，為大大小小、各式各樣的演出創作劇本，除此之外，他最近也接觸起電視和廣播的工作。據說他嶄露頭角是在十五年之前。

「我有一位認識的舊書店老闆叫做枯島，前幾天說他去看了朋友創立的劇團公演。創作那場公演劇目的劇作家，就叫做前田HISOMU。因為那是我第一次聽到那個名字，所以沒有什麼特別的想法，但後來在戲劇社的舊日誌裡我卻發現了前田潛這個名字，我才想該不會有這種事吧！當下的我並不知道潛這個名字該怎麼發音，這個字也可以唸作HISOMU呢！」

如果沒有透過凱薩密碼，察覺到不破豆＝前田這一事實，我也無法將這個前田HISOMU與名冊上的前田潛連結在一起。

不過最後我得到了答案。

就讀東京的學校、創作劇本、名字一樣，我想這就對了！

「然後我昨晚就打電話給枯島先生，詢問了前田HISOMU這個人，果然就是如此。前田潛，明尾高中昭和十四年度的畢業生，你的父親與鮎里的母親同學年，而且還同樣都是戲劇社社員。」

透過電話，枯島先生告訴了我。

前田ＨＩＳＯＭＵ是筆名，他的本名叫做市川潛。

「你的父親似乎在大學畢業後就結婚了呢，而且還是以入贅的形式。所以姓氏才從前田改為市川。之後為了希望能成為著名的劇作家，而用了過去有過夢想、魯莽創作劇本時的學生時代姓氏，採用了前田ＨＩＳＯＭＵ這個名字。」

如花瓣般描繪著曲線的舞台布幕漸漸吸收了我的聲音，排列整齊的大道具和服裝完全靜止不動，簡直就像是仔細在傾聽什麼似地。

「父親從以前就是工作狂，從我有記憶以來，他就已經是有名的劇作家了，從早到晚都關在書房裡撰寫作品哦！不過在家裡的話還好，誇張的時候還會幾乎一整個月都住在旅館裡，那是個宛如裝在罐頭裡一樣的傢伙。所以我從沒有他與我一起玩樂的記憶，回憶裡都是與母親在一起。」

然後他自然而然地學會了裁縫。

「我進入戲劇社不久後，才知道撰寫《花妖愛娜溫的獨白》的人就是父親。在聽說流傳在社團裡那傳說的那本劇本，作者的名字叫做不破豆凱薩時，我立刻就發現了。因為我曾經從母親那裡聽說，父親在學生時期有用過這個名字撰寫劇本呢。然後我無論如何都想知道，圍繞著《花妖愛娜溫的獨白》的詛咒和傳說到底是不是真的，也想知道當時到底發生了什麼事。」

市川說他沒有與任何人商量，只是一個人透過名冊拜訪當時的社員。雖然有不少人已經搬家了，但幸好他找到了當時的社長——齋藤惠子。

「向惠子小姐說明後，她爽快地讓我進了她家哦！我說我是前田潛的兒子，她也很懷念地告訴了我很多事。」

事實上當時社團裡的確陸續發生了許多神祕事件，而且同樣是依照《花妖愛娜溫的獨白》劇本的形式，社員們雖然紛擾不斷認為這是詛咒，但公演依然照常舉行，並且順利地成功結束。最後，鷹峰小百合那超越高中生的美貌與演技，吸引了觀眾。

公演一結束，詛咒便瞬間停止了，最後便進一步流傳為花妖愛娜溫的詛咒——事情就是這樣。

而社員們就在真相不明的情況下，迎來了那一年的畢業典禮。

「不過典禮結束後，惠子小姐最後在整理社團教室時，突然冒出來的父親卻告訴了她真相。」

——是我做的，一切都是為了小百合。

他一定很想告訴某個人吧，或許一個人把祕密帶到墳墓裡非常痛苦呢。

「我想，父親一定對鮎里的母親——小百合小姐抱有非常大的期待，他受到小百合小姐的演員才能吸引，傾注了他的愛情，所以希望她可以達到更高層次的表演。懷有期待，接著這種想法變得太過強烈——」

「讓小百合小姐體驗到與主角一樣的苦難吧！」

最後才不知何時變成了詛咒的流言。

「結果，小百合小姐在公演發揮了驚人的演技，最後成為了職業演員。」

這則成為了圍繞著《花妖愛娜溫的獨白》的傳說。

「到最後，惠子小姐還是將真相埋在自己的心裡，說不想在取得大成功後那盛開的戲劇社最棒的回憶中留下陰影，所以二十年來始終保持沉默。」

希望那如同夏季夕陽般瞬間遠去的青春光彩，可以美麗地保留下來。

「聽了這番話後，你決定對鮎里做同樣的事情吧？就和你父親一樣。」

跨越了兩個世代，重複了同樣的行為。

這簡直就像是真正的詛咒似地——

「沒錯，正如妳所說的。回想起來，或許那是我從父親那裡繼承下來的詛咒吧。」

潛與忍。

受到名為鷹峰的演員吸引的兩個少年，因為他們那強烈的想法，採取了不被允許的手段。

「我討厭父親，討厭那個不顧家庭、眼中只有工作的父親，可是最後我卻只是學習了他，借用了他所寫的劇本，模仿了他所做過的手段……」

就這樣，市川的告白就如同獨白一樣結束了。

最後他環視整個舞台，露出了今天最為苦惱的神色。

「花本同學，我該怎麼樣贖罪才好呢……」

他充滿依賴的話語讓我思考起來。

市川所做的事情，並不是怎麼樣都無法補償的，這樣一來，我認為向每位社員道歉才是正理，但最後決定該怎麼做的卻是他自己。

下達判決並不是偵探的工作。

「市川，你想怎麼做？」

就在我開始詢問的下一瞬間——

「原來如此呢。」

現場響起了第三人的聲音。

一回頭，就看到多希站在左舞台的側台，今天也拄著腋下拐杖。

「因為小雲啵遲遲沒有回來，所以我四處找遍了，想說妳不吃午餐到底在做什麼，沒想到卻在這裡解開最後的謎團呢。」

「多希，妳什麼時候來的？」

「才剛到哦！」

這樣她又是為什麼說出「原來如此」這句話呢？

只見多希拄著枴杖，站到我身邊。

「雖然我不是很清楚，不過忍就是犯人，對吧？」

「嗯，是這樣沒錯啦……」

多希的登場，讓我不禁陷入慌亂。

「藍、藍浦同學……那個……」

在裁決的時候突然冒出另一人畢竟還是很可怕吧，市川總算回到往常畏縮的個性。他似乎迅速理解到自己的立場無法說什麼藉口或進行反駁，打算一開始就乾脆地認錯。

「讓妳受傷的事情真的……我不知道該如何表達我的歉意……」

可是他卻幾乎沒有開口說話的餘地。

只見多希從正面踹上了市川的臉——她用受傷的那隻腳乾脆地踢飛了他。

市川連聲音都發不出來，撞上椅子倒向後方。

為了他私人目的導致她的腳受傷，多希的憤怒也是理所當然的，但事情實在來得太突然，讓我也大吃一驚。

「喂，忍……」

她把腋下枴杖扔在舞台上，抓住市川的領口，說道：

「鮎里可不是在你腦裡活動的登場人物，她是活著的！」

受過戲劇社訓練的響亮聲音傳遍這一帶。

「讓她融入角色？幫助她成為真正的女演員？你算什麼東西？」

這時，我才隱約發現自己搞錯了。

多希並不是憤怒自己受傷，而是憤怒市川對鮎里所做的事。

「你以為她這陣子有多麼恐懼？你都沒想過嗎？不要無視本人擅自進行演出啊！給我重頭再來！」

雖然情況如此，我還是指出了一件事。

「欸多希，妳的腳……？」

「腳？」

「受傷了吧，受傷了！」

「啊……我忘了！還有，好好向我的腳道歉啊混蛋——！」

「對、對不起……」

她看起來完全不像是有受傷的樣子。

話說回來，多希這不是從一開始就聽完我與市川的完整對話了嗎？

「可是，一想到這會成為增進鮎里演技的肥料，我想你應該沒有惡意，所以我就只踢一下就好。」

多希爽快地說完這句話，直到最後都還是很「多希」。

*

那一天下課後，我們戲劇社再次聚集在體育館，進行公演前最後的排演。

「劇本的結局完成了，讓大家久等真的很不好意思！」

市川集合大家如此說道。

「公演用這個可以嗎？」

據說是他剛剛才完成的。

大家無言地閱讀起他遞過來的劇本，讀完最後，便開始互相對望起來。看來每個人都很在意

其他社員的反應吧！
不過不用交談，答案就浮現在所有人臉上。
大家都露出笑容。
當然我也是。
靜子學姊說：
「接下來就開始綵排囉！」
郁美學姊也不認輸地說：
「因為最棒的劇本完成了，要用最棒的演技和表演讓場面熱鬧起來哦！」
鮎里十分專注，讓我猶豫起該不該向她搭話。
「市川，你的臉怎麼了？」
市川左邊臉頰貼了一塊大大的貼布，大河內不可思議地問道，市川卻只說了：「被藍浦同學踹了一腳。」他並沒有說謊。
他請了廣播社社員來排演，仔細地反覆確認照明與音響。
「大家加油——！」
舞台下傳來多希為大家加油的聲音，但畢竟還是有些羨慕大家的樣子。
「唉——唉！我也想要在發表會上飾演小混混啊！」

下面這件事是我後來聽說的，在決定角色時，多希曾這麼說：

我絕對不要演主角！要演的話小混混的角色比較好！

我想光看外表，多希也足以擔綱主角的角色，不過看來這並不符合本人的興趣。主動擔任配角，以配角身份努力，像她這樣的人在劇中也很重要，不可或缺。

然後，鮎里完全在自己的心中醞釀出了名為采的另一個人格。

采附身在她的身上，那本來不應存在的人物使用她的身體現形，這就是所謂的演員嗎？我這樣想著。

喜和子依然很自我步調，用最適合自己的形式演繹了葉月這個角色，不過她的瞳眸裡卻充滿了鬥志。她十分注意鮎里，這使得她的演技不知何時往好的方向轉變了。

在同一舞台切磋琢磨的兩個人。

在我眼中看來，就彷彿采和葉月真的站在那裡。

社團活動結束後，市川對我說：

「我不想輸給我父親，我想要寫出讓父親懊悔、超越父親的結局，所以到今天為止我重寫了好幾次、好幾次，一直不斷煩惱，想著應該要以悲劇收尾，還是要寫成喜劇。」

那就是他之所以自告奮勇、無論如何都想要創作那不見的劇本最後一頁的原因。

市川或許知道不見的最後一頁上的結局。他可以問他的父親，即使不問父親，也應該可以從當時的社長齋藤惠子小姐那裡聽說。即使如此，他卻依然想要自己動筆。

那或許是屬於他對父親的反抗，也是挑戰。

「不過，花本同學揭露了一切，順帶我還被藍浦同學踢飛，所以我就想到了這個結局。」

被踢飛之後才終於下定決心，他也真是很沒用的男生啊！

可是，如果這樣可以決定結局，那也還不壞。

「接下來你還會繼續創作劇本嗎？」

「這個我還不知道，不過……拿著鉛筆思考結局的時候，我很快樂哦！然後我感覺自己也有些瞭解了，這就是父親獻上生命的世界啊！」

從母親那裡繼承了裁縫技術，從父親那裡繼承了對劇本的熱情——

或許他繼承了兩邊也不一定。

*

地震後，采離開了學校，在工廠工作。因為地震而受傷的養父母最近終於逐漸痊癒了。

一家人住在窄小的組合屋裡生活。

某天采一回家，就看到門口放著一朵花和一封信。

隔壁家的主婦說：

「就在剛剛，一個陌生的小姐放在這裡的。」

采看了信的開頭一眼，立刻就往外奔跑起來。

穿過組合屋，她看到前方一道很熟悉的背影。

那件讓她印象深刻的洋裝。

雖然很破爛，但采現在仍然珍惜地將同樣的衣服收藏在房間櫃子裡。

「葉月！啊——！葉月！」

采叫喚著對方的名字，跑了起來。

信件的開頭是這樣的——

給我親愛的朋友——

*

有著豐富濃淡的秋色天空，如同永恆般持續著。

眺望如此壯麗的青色，就會想要思考起一般絕對不會去思考的事情——宇宙就展開在另外一頭呢！

校內廣播播報著：

——明尾高中文化發表會結束，在校生請儘速準備離開學校。

「老師你這個笨蛋！呆子！」

我邊望著體育館旁的天空，邊對著老師發牢騷。

老師靠著牆壁默默地笑——手上一邊把玩著不知道何時撿來的染紅楓葉。

「哎，今天真是看了好東西啊！」

他噗噗地笑著。

真是令人火大的表情！

我沒想到他竟然真的來學校觀賞發表會。

老師竟然為了更容易看到我，坐在來賓席的最前列，比誰都還囂張地翹著腳，望著台上。說完第一句台詞後我立刻發現老師，忍不住咬到舌頭，甚至還差點跌倒，好不容易才撐到了最後。

今天是週日，沒有上課，四處可以看到來欣賞發表會的父母與一起回家的學生。感情好的家人，應該會在回家路上順路去西餐館吃頓午餐吧？

「義房兄他今天怎麼樣也沒辦法來，所以就拜託我替他來看，不然的話誰喜歡來啊！不過，比我想像的還有趣呢！」

老師又噗噗地笑出來。

「雲雀演的友人A被人從後面踹飛的悽慘場景真是爽快啊！小混混角色也很適合妳呢，很有粗俗的感覺。」

還真是不客氣啊！

之前明明是他自己先說會來看的。

不過老師對我有提供線索的恩情在，所以我的態度強硬不起來。

我一邊遠遠望著從體育館離開的學生們，好一陣子沉浸在舞台的餘韻中。

從左舞台到右舞台，在後台不斷來回奔跑。

刺眼的燈光。

完美的佈景與精緻的服裝。

一邊互相遞著視線，一邊發揮排演成果全力面對角色的鮎里與喜和子。

說起來，還有一件事讓我很驚訝。

那就是舞台劇結束後，哭得最厲害的郁美學姊。

她的淚水撲簌簌地滑過臉頰，緊緊握著我的手，說：「演得太好了！妳有著無論如何責罵都不會挫折的毅力，如果妳有意願，隨時歡迎加入我們戲劇社！」「雖然演技真的很差！」被靜子學姊安撫著的郁美學姊邊哭邊說，她是戲劇社裡最有少女可愛感的人。

喜和子在舞台後，又給了我一顆糖。

「來，這次一定『啊～』，張嘴吧！」

「很高興妳給我糖，但我不要！」

太過丟臉了，我於是逃回了側台去。

「看來喜和子很喜歡妳呢！」

靜子學姊望著這樣的我們，笑著說。

直到最後，我都搞不清楚喜和子到底是冷淡的人，還是親切的人。

回想了好一陣子，我片片段段地將事情經過告訴久堂老師。

花妖愛娜溫詛咒的真面目。

兩對親子從二十一年前開始的奇妙因緣。

「說這種話可能有點俗氣，不過市川的爸爸是不是喜歡小百合呢？而且，市川也對鮎里……」

「這個嘛，人類這種生物，到底是否單純到僅僅以愛情就能說清呢？」

「這是什麼意思？」

「妳還不懂啊！」

一陣風吹過，老師手上的紅葉飛舞而去，充滿詩意地在空中翻騰，彷彿是赤紅的蝴蝶一樣。

結果，我沒有把市川所做的事情和他的想法告訴任何人，至少我想在公演結束前這樣做應該比較好。多希似乎也是相同看法，完全沒有將那些事說出口。

可是，剛剛公演結束、當布幕落下後，市川叫住了鮎里，我想說不定他現在正在舞台後台坦白一切呢。

「鮎里對發生在自己身邊的奇妙事件會怎麼想呢？」

聽到真相的時候，她又是什麼想法呢？

「如果她知道自己得意的演技，其實是多虧他人用危險的方法事先佈置的話……」

對置身於於戲劇世界裡的人來說，這會很痛苦吧？

我如此低聲說，老師卻無奈地回答：

「妳覺得那個叫做鮎里的女生沒有察覺嗎？我看到她演的戲立刻就發現了呢。」

「咦？」

「她是知道的，讓那個叫市川什麼的人隨他高興去做的。**她裝作什麼都不知道，刻意讓自己陷入被逼迫的情況——為了成為真正的演員呢。**」

一切她都知道——

演出什麼都不知道的樣子——

我感覺到一股寒意。

「不、不會吧？」

「要在職業世界裡以演員身份生存下去，就得要擁有利用周遭一切的強悍才行。」

這麼說來，我突然想起一件事。

舞台劇結束後，鮎里對市川所說的第一句話……

——謝謝。

如果就像老師所說的一樣，那麼鮎里真是讓人感到恐懼的優秀演員。

「世界上的女人大多都是演員呢，除了妳之外，**雲雀**。」

「啊！剛剛你說著雲雀心裡卻想著三流演員對吧！」

「哦哦，名推理啊！」

「可惡——！」

我與老師格鬥之時，柚方從體育館走了出來。雖然有一段距離，不過她看到我們，便揮著手過來。

「小雀！舞台劇太棒了！然後呢，那個……今天一起吃午餐吧！」

柚方的眼睛很紅，似乎是感動後大哭了一番。

「無能演員也多少會有個戲迷呢！」

「嘿嘿！要是出現粉絲俱樂部怎麼辦呢？」

「那麼作為慶祝，吃過午餐再回去吧！」

老師提出一個讓人不敢置信的提議，我跳了起來，該不會會有毒箭從天而降吧？

「真的嗎？太好了！小柚也一起哦！啊，不過稿子沒問題嗎？這陣子你一直在寫的說……」

聞言，老師用平靜的表情說：「那種東西早就寫完了。」

「今天早上完成的，吃完飯後我就要直接回家，睡上一個月沒睡的覺。」

「哦……什麼？一個月沒睡？」

這個人真的是人類嗎？

「請你要睡飽啊！那麼，老師要請吃什麼呢？」

「當然是三流料理啦！」

「喂！」

我們一邊互相鬥嘴，一邊朝著柚方走去。
使用望遠鏡頭，來自側面的構圖，映出來的唯有我們的腳。
花上三十秒拉遠鏡頭，就這樣直接轉為全景畫面。
接著，在有體育館與背景藍天的位置昇高鏡頭。
到此為止，都是沒有剪接的長鏡頭。

燈光轉暗、音樂入、幕落。

世界是劇場。
社會就是舞台。
不管是誰還是任何人，都是演員！

開玩笑的啦！

躲雪的禮節
女學生偵探系列三
罪と罰
上
罪と罰
下

第一章　是我的錯？

躲雪也有各式各樣的禮節。

＊

描繪梅花圖樣的火盆旁，正坐著一位大約六歲、七歲的女孩。

她不吵鬧、不大叫，稚嫩的雙腿努力疊合跪坐在薄薄的座墊上，那抹身影彷彿是一朵盛開的野花。

他一直以為這個年紀的小女生應該是更躁動的，難道他的認識有誤？還是只有這個女生特別乖巧呢？

她那娃娃一般的雙眸僅是緊緊地盯著這裡。

或許是迎面寒風害的，她的臉頰如蘋果似的赤紅，而披散在背上的頭髮——雖然這樣形容很是詭異——則晶瑩透明的黑。

手指指甲小巧、滑潤，像是從異國漂流至海邊的貝殼；左邊的眼周還有一顆小小的痣。
她的名字叫做花本雲雀。
「唉唉……」
久堂蓮真大大嘆了一口氣。
從今天開始這幾天，這個小女生都要借住在這裡。

前一天，久堂自神田的公寓出神地眺望著外頭。
他的臉頰一邊感受著旋即而來的黃昏氣息，一邊注視人群來來往往。
匆匆忙忙翻閱報紙的人、抱著一個大大布包裹在肚子上的人、穿著昂貴西裝的人、哄著哭泣小孩的婦人，以及一個看起來哪天會決意犯下動搖社會的大罪、穿著退伍軍人服的傢伙，正瞪視著穿梭的路人。
然後還有環抱著女人肩膀如大象般走動的高大美國兵。
從公寓二樓經常可以看到這些情景。
但是最吸引久堂目光的，卻是遠遠可見、仍在建設中的大廈。
他看著裸露在外的鋼架，覺得那宛如是鯨魚的骨架，與小時候在百科圖鑑上看到的鯨魚插圖莫名形似。

朝向天際直立的模樣，彷彿是正要浮出海面一般。

比鯨魚更大、更堅固、更乾淨，接下來的年代中，那樣的建築物應該會越來越多吧！

時光流逝，人也跟著改變。

小孩會長大成人，大人則會漸漸衰老，最後老人一一過世。既然人類會推移轉變，那麼人類所製作出來的東西當然也會產生變化。

——我也會改變嗎？

這棟公寓經歷關東大地震也沒有崩毀，因此還留有大正以前濃濃的風味。十二坪一間、廁所共用、吱嘎作響的地板；簡單來說，就是又舊、毛病又多，與那棟新大廈完全相反。

「又在觀察人類了嗎？學長。」

悠閒的口吻從背後傳來。

久堂將意識拉回現實，望了過去。

一位與他同世代的青年，正坐在房間的座墊上。

他的襯衫扣子嚴密地扣到最上面，單手拿著一本攤開的書——是夏目漱石的《鶉籠》。而在圓圓的眼鏡後面的雙眼並沒有看向久堂，而是盯著那本書。

青年的肌膚莫名白皙，要說是像女人——反倒更像幽靈。另外，那與肌膚一樣色彩很淺淡的頭髮，一旦一個不好就會化作一座鳥巢。

他的名字叫做枯島宗達，是小久堂一屆的大學學弟，住在同一棟公寓之中。他的父親經營著一家舊書店，可能正因如此，枯島自己也喜歡各式各樣的書籍。聽說他父親那家舊書店叫做「穀雨堂」，是大正時代——恰好是地震後，才開在神田神保町。

不知道枯島將來是否會繼承舊書店，不過其實久堂從未自他口中聽過這方面的事。

「從剛剛開始你動筆的聲音就停了，看來卡得還蠻嚴重的呢！」

枯島這麼說，然後翻過一頁。

完全出乎久堂意料外的發言，久堂立刻回道：

「才沒有停止，我只是休息一下，然後我現在在做的也不是觀察那麼簡單的事，而是在追求人類。」

他邊說，邊將鋼筆扔上書桌。雖然嘴上逞強，但筆停下來卻也是事實。

冰涼的風穿過欄杆縫隙，從敞開的玻璃窗外吹了進來。「這樣太冷了！」久堂關上窗子，手伸到火盆邊。

一邊暖著手，他一邊環視起自己一時的暫居之地。

入口的門正好在窗戶對面，門板中央稍微偏上的地方嵌了一片小小的毛玻璃，可以立刻分辨有人來訪或什麼人經過走廊。

話又說回來，久堂的房間是邊間，不會有誰從門前經過，加上沒什麼人會來拜訪嘴巴很毒的怪咖，所以這塊毛玻璃也幾乎沒有用處。

久堂的生活很簡單。窗邊擺放了一張老舊書桌，抽屜裡則放有稿紙和鋼筆。一個書櫃靠著牆壁，另外還放有一個大學學弟讓給他的火盆，最後就是壁櫥裡，收著一床被褥以及替換用的衣物。

就只有這樣，沒有其他東西了，這個環境對寫作來說已經足夠。

時代是昭和二十年代中，時值冬季。

戰爭結束後過了幾年，日本這個國家的氣氛也開始步入了戰後。在盟軍最高司令官總司令部[*註10]的帶領下，透過日本政府執行的農地徵收幾乎都已結束，社會漸漸地回到平靜——不，不該說平靜，應該說熱鬧、動搖起來。因為激烈的朝鮮戰爭有特殊需求，於是開始有商人一夕爆富。

社會景氣逐步往好轉邁進。

但是那些事都與久堂無關。

他是二十二歲的大學生，也是一位作家，正忙碌於摸索新作品的大綱。

今年，他將作品寄至一家出版社，出版社便問他要不要試著把短篇登上雜誌。一位名為葦切的幹練女性編輯向他提出這個建議，那位編輯似乎從大學畢業沒多久，卻已經展露出了才幹。總之，在第一次見面商談時，她就斷然說她自己非常有能力，單就這一點來看，也可以推量出她異於常人。

總之，久堂就這樣接受了這個提案，得意洋洋地開始寫起了小說。

可是卻順利地卡稿了。

就如同枯島說的一樣。

「……我出門一趟。」

待在房間怎麼想都沒有好靈感，久堂抓起大衣掛在肩上，出了公寓。

走下公寓樓梯途中，房間傳來枯島的聲音。

「又是去那家店嗎？這陣子你還蠻常去的呢！」

去年春天中旬，他才想起了有位認識的人在神田神保町經營咖啡館。

剛進大學時，久堂曾收到了一封對方報告近況的信，其中也有提到咖啡館的事，但那時他朝夕忙於唸書和寫作，沒有去過那家店，回過神來，才發現早已過了將近三年歲月。

雖然如此，但信中半句都沒有提及「務必前來光臨」，所以他沒有太過留心，後來也從未特地去造訪。

後來之所以會去那家咖啡館，則是起於一次偶然。

＊註10　二次世界大戰後，美國在日建立的間接統治機關。

那一天，正好是他決定在雜誌刊登短篇作品之日，他剛要從出版社回家。接了工作當然是很好，但應該要寫什麼樣的故事呢？他一邊煩惱，一邊不自覺走進去的地方，就是那位認識的人——不，現在或許可以稱他為朋友——所經營的咖啡館。

那位店長朋友——花本義房一看到久堂的臉，就笑道：「你總算來了。」

而店名叫做「月舟」。

從那之後，他就經常前往那家咖啡館。

今天，他同樣轉開黃銅門把走了進去，門鈴奏起了溫暖的音色歡迎著他。

「哦，你來啦！」

義房在吧台另一邊擦著杯子，露出了笑容，彷彿是在迎接來到祕密基地的朋友。實際上，這間店的氣氛的確非常接近祕密基地，久堂也從未告訴其他人這個地點。「幫我廣告一下啊！」義房雖然這麼說，但他卻沒有宣傳的打算。

他希望這裡一直都是祕密的休憩之處。

店內沒有其他客人，他詢問義房是不是時段的問題，義房卻笑著老實回答說現在生意還沒有那麼興隆，希望能夠趕快上軌道。可是從他的表情上，卻沒有感受到如他話語中一般的焦慮。

點了咖啡，久堂坐在窗邊的位子上，接著便陷入了思考。

他想著自己想寫的、能寫的、應該寫的，也就是說他正在構思關於作品的內容。

店內盈滿了咖啡的香氣，而這股香氣似乎能讓提高他的注意力。暖爐中燃燒的薪火發出劈啪聲，很是舒暢。

他突然回過神來，這才發現桌上多了一杯咖啡。

什麼時候送來的？他抬起頭。

義房仍然站在吧台另一邊，久堂一瞬間陷入混亂。就算他思考得再如何專注，只要義房接近，他一定會注意到，可是他卻沒有察覺到對方有從那裡移動過，更沒有進入他的視線範圍內。

那麼，義房到底是如何把這杯咖啡送過來的呢？

他邊想著，視線驀地落在桌邊，就看到焦茶色的桌下，有一顆小小的頭正望著這裡。

「唔……」

他彎下腰看了過去，只見一個年齡與咖啡店極不相稱的小女生正蹲下躲著。她穿著一身厚實的深藍色洋裝、白色的褲襪，腳上還套著一雙可愛的小紅鞋。

他與這個女孩彷彿有聲音似地視線完全對上。

她的雙眸如仔細磨亮的玻璃珠，又如蘊含了光輝的水晶般，映照出了久堂的臉孔。

義房注視著他們，對著小女孩開口：

「雲雀，送客人的咖啡上桌後必須要說『請慢用』才可以哦！」

聞言，女孩慢慢站起身，用著如同縫隙中吹送進來的風的音量，小小聲說了：「請慢用。」

看來幫他送咖啡過來的就是這個小朋友。

「義房兄，她已經在店裡幫忙了嗎？」

久堂知道義房有一位獨生女叫做雲雀。她還是嬰兒時他就曾見過她，而第一次來到這家店的那天，義房也有重新介紹過。

印象中她今年應該是剛上小學才是。

義房邊笑邊搖頭。

「怎麼可能！她好不容易才在端咖啡的時候不會弄倒而已！只有今天啦，她從後面跑出來，我叫她端給自己喝她又不聽，所以就讓她端一杯給你看看。」

咖啡館的裡面是住宅，而義房父女就住在那裡。

義房的妻子已經不在了。

是在五年前過世的，而他在那之後也沒有再婚，只是與女兒兩個人一起生活。

也就是說，雲雀沒有母親。

久堂之前從看到雲雀從吧台旁的暖簾後頭偷偷看著店裡，看來她終究還是跑出來了。

「這樣啊，妳為了我自告奮勇送來咖啡，佩服佩服！」

他說道，然後想要伸手摸摸雲雀的頭，卻被雲雀迅速避開，甚至她還突然背過身去。那披散在背上的黑髮如扇子一般展開，滑至她的肩上。

「只要久堂老弟站在雲雀前面，她就會變得很害羞呢！」

與其說她在害羞，他感覺倒像是自己被她討厭了。

不過算了！他重振精神，享受起咖啡。

完美的香氣，也不是用了大豆的代用咖啡，是真正的咖啡。到了今年，日本總算重新開放咖啡豆進口，市面上逐漸可以買到咖啡豆，可是這種美味大概不只是咖啡豆的功勞吧！義房的技術很好。

久堂認為義房泡咖啡的手腕著實高超，不過他之所以喜歡這家店的咖啡，不僅是因為技術上的關係——畢竟有其他店更講究在咖啡上，也有其他店的咖啡豆更高級，因此原因並非在此。

他很喜歡義房泡的咖啡的味道，也很喜歡店裡的氣氛，這些都不是技術與工具可替代的。

望過去，雲雀還站在原地，似乎正一邊想事情，一邊觀察著久堂喝咖啡的側臉。心情有些狼狽，不過他決定隨她高興。

久堂喝完第二杯咖啡時，太陽已經沉下，外頭變得相當昏暗。

懷著依戀的心情喝完最後一口，義房便從裡面走了出來，打開店門，然後將外頭的燈光關掉，在門上掛上「閉店」的牌子。

「已經打烊了嗎？比往常還早呢。」

義房一邊說著好冷好冷一邊關上門，站到雲雀身邊。

「明天開始幾天我有事不在家哦！因為要準備一下，所以今天就先打烊了。」

是旅行之類的嗎？

「哦，這樣啊！」

只見義房宛如順便想起來似地說道：

「我不在家的時候，有件東西想要寄放在你那裡。」

「寄放？如果是珍藏的咖啡豆，多少我都幫你保管啦……」

「如果寄放在你那裡，一個晚上就不見了吧！」

珍藏的咖啡豆——看他沒有否定，顯然的確有這個東西。

「我想拜託你的是這個孩子。」

義房啪地一聲，把手放上了愛女雲雀的頭上。

「欸？」

「明天開始，希望可以把她寄放在你那裡三天左右。」

「欸？」

*

事情麻煩了。

隔天早上，久堂在公寓自家面對著雲雀坐下，盤起手臂沉吟起來。

最後，他無法拒絕義房的委託……不，是沒有時間拒絕。

一大早被房東叫起來，出了大門一看，義房父女就站在那裡。

「抱歉啊久堂老弟，因為實在沒有可以拜託的親戚……」

「早安……」

「昨天晚上我已經把事情仔細告訴雲雀了。」

「義房兄，這麼一大早有什麼事……」

久堂睡眼惺忪，牛頭不對馬嘴地回話，就聽到義房說：「事情就是這樣，拜託你了。」接著，他就如同北風一樣咻地一聲離開了。

最後雲雀被留了下來。

這真是非常麻煩的狀況！

面對著愁眉苦臉……不，是很明顯一臉不悅的久堂，雲雀說：

「請不要在意我，我不會製造門閥的。」

她是想要講「麻煩」吧？

「講錯了，我不會完成密約的。」

「又離更遠了喔！」

「講錯了，我不會吃掉麻薯的。」

「什麼亂七八糟！」

久堂已經開始覺得累了。

為什麼他得要與這麼小的小鬼進行如此愚蠢的交流？還是在必須撰寫小說這般重要的時期。

雖然如此，但又不能把她放在寒冬下不管。

久堂並沒有特別善良，也不知道放著小孩子一個人會發生什麼事，但義房的請託他無法一口拒絕，畢竟對方過去曾對他有恩。

「喂，小朋友！沒辦法，在義房兄回來之前，妳就住在這裡吧！當然要說真心話的話，我是很想立刻把妳趕出去，不過看在義房兄的面子上，我就不那麼做了。希望至少在這段期間內可以相處愉快，懂嗎？」

這番話聽起來完全不像是彼此可以相處愉快。

「也就是說，在認同彼此身為獨立個體為前提，合宜地尊重並分擔生活習慣、一切家事勞動等**諸多種種**。」

這時，雲雀舉起手。

「諸多種種是什麼意思？」

久堂立刻告訴她：

「那是會把壞孩子從頭開始吃掉的恐怖妖怪。」

「我懂了。」

她似乎理解了。

「很好。老子……不對，我是將來有望的作家種子，所以為了寫出更好的作品，一個人的時間很重要，任何東西都難以取代。我是愛著孤獨、創作、自由的男人，所以最討厭任性的小鬼，還有呼喚大人時那種如同警笛般的哭聲，更無法忍受沾著冰糖、黏黏的手弄髒衣服或稿子。不過身為同居人，若是妳可以發揮想像力事前迴避掉一些紛爭，或是可以在伸手能及的範圍收拾好自己的東西，那麼該讓步的我還是會讓步，不會不歡迎妳。」

久堂冗長的一番話，雲雀也以小孩特有的理解口吻回道：

「沒問題，我很擅長吃東西的時候不弄倒食物。」

「聽好了，不要在我面前哭、大叫、亂跳、掉東西或把東西漏出來！別忘了在這我就是法律。」

「我會遵守法律！當個乖小孩。」

「那麼就在這份契約書上簽名蓋印……」

久堂用流氓的語氣，從天真的小女生手中剝奪了諸多自由及人權後，便迅速將她扔到一邊，轉而面向書桌去了——總之現在必須要撰寫稿子。

雲雀用自己的步調接受了她被丟在一旁的事實，只靜靜地待在久堂身後。

桌上的時鐘神經質地發出滴答聲。

久堂一邊盯著稿紙的格子，一邊搜索著要篆刻於其上的話語。

可是他想不出來，詞彙無法化作文章，文章難以編成故事。

明明確實有想要寫的東西，可是越接近就越模糊，難以捉摸，好似熱夏裡陸上的海市蜃樓，消失在某個地方。

雖然如此，他依然耐心地將手伸往構想，嘗試了一次又一次。

只要再一小段，手就可以碰到——

這時，背後突然傳來雪崩般的動靜。

他一驚，回過頭，就見眼前堆起了一座書的小山，而站著書山前的雲雀，則用茫然的表情望著它。她似乎是想要從書櫃上拿出一本書，卻誇張地把書櫃一整排的書都給弄掉了。

「別擅自亂碰！」

久堂一邊抱怨，一邊迅速地拿起書放回書櫃裡。

「久堂老弟對不起……」

「久堂老弟……」

她是聽到自己的父親一直這樣稱呼他所以才記住的吧！

「叫我久堂老師。」

「久堂老師。」

「很好！妳就看這本，乖乖待著！」

久堂隨意拿起一本書遞給雲雀，又再次回到撰寫工作上。

開頭該怎麼寫呢？

安全地從情境描寫著手呢？還是要從可以瞬間吸引讀者目光、印象深刻的台詞開始呢？

文體該用第一人稱嗎？應該不會寫到一半後悔吧？

主題是？背景呢？還有設定？

唉，話說回來，義房把獨生女寄放在別人家，都不會擔心嗎？就算再沒有可以拜託的親戚，可是這種時候把她帶來這裡也實在奇怪。

沒有比他更不適合照顧小孩的人了，久堂這麼認為，而義房應該也同意這一點才是。

不對，離題了！比起這個，現在應該是稿子——

他回過神來抬起頭，短短時間內已經過了兩個小時。

稿子還是一片空白。

書給了雲雀後，她似乎就一直很安靜，不過身邊有小孩果然還是無法專心。他帶著厭煩的心情回過頭去。

不在。

房間內遍尋不到雲雀的身影。

他的身邊沒有小孩在，無法專心是他自己的責任。

仔細一瞧，房間的門呈現半掩狀態，她在久堂面向桌子的期間跑到外頭去了。

久堂趕緊出了門。走廊左右排列著其他公寓住戶的房間，再過去就是樓梯了。

因為是冬季，每扇門都緊緊關著，但唯有一間房間的門稍微有些空隙。

那是枯島的房間。

他有了預感，進了那間房後，枯島與雲雀就在裡面。

「那個唸作蓬髮哦！」

「宗達，你在幹什麼？」

「哦，學長！你問幹什麼……我在教這個小朋友漢字的念法啊！」

雲雀打開著久堂給她的書，用一口咬住飼料的貓咪姿勢閱讀著。

「這個怎麼念？」

「這個唸作形跡可疑哦，就是形容那邊那個男人。」

「感激不盡。」

雲雀用不知道從哪裡學來的微妙字眼向枯島道謝後，注意力又轉回書上。

「我正在房間看書，聽到走廊傳來聲響，想說怎麼回事。結果開門一看，就看到這個小朋友坐在走廊上，一個人在看書，所以……」

所以他才覺得可憐，暫時讓她進來吧。

「到底是誰家的孩子呢？」

「那是別人寄放在我家的小朋友。」久堂告訴枯島，枯島罕見地高聲說：

「咦咦？學長！不管怎麼樣誘拐都不對啊！」

「不是！」

因為說明情況也很麻煩，所以久堂無視了學弟，將目光投向雲雀。這時，雲雀可能以為他是來接她的，正要露出花開般的笑容，卻又立刻轉為若無其事的表情說道：

「老師，你在寫故事嗎？」

「不可以一句話都不說就跑到外面啦！」

「因為我不想要給你添門閥，想說可以自己照顧自己……」

聽說有時小孩子會逞強學大人說話，確實如此啊。

枯島體貼地概括了雲雀的話。

「雖然我不太清楚情況，她應該是不想妨礙學長吧？」

「唔……」

讓年幼的小孩在冬天的走廊等待，著實良心不安。

「小孩子不要操多餘的心，回房間了！還有，這個叫做枯島的男人看起來這樣，其實是吃小孩的妖怪，不要隨便靠近他。」

「學長真過份啊！」

聽了久堂的話，雲雀站了起來，反應道：

「你就是妖怪諸多種種嗎？」

真的有啊！她看起來一臉激動，無法自抑。

「那個話題已經夠了！」

久堂焦躁地帶著雲雀回到自己房間，途中從枯島房間還可以聽到他認真的喃喃自語。

「諸多種種……？我還是第一次聽到有那種妖怪，得要趕快調查一下！」

久堂在房間內再度跪坐下來，面向雲雀。

「聽好了，沒有我的同意不可以出房間！因為妳這傢伙只要被稍微強的風吹一下就會飛到隔壁城去了！」

「可是……」

「沒有可是，如果妳被吹飛我可不會去找妳喔！我寫稿很忙，外面又很冷，所以不想出去。」

說完想說的事情後，久堂回到桌前，就聽到雲雀叫住了他。

「那個……」

雲雀跪坐著的腿很快地就蠢動起來，一定是開始麻掉了。

「腳鬆開沒關係，但不可以到外面溜達。」

久堂用堅決的態度說道。

「聽好了，這不是對妳的訓誡，是大人的命令！」

他清楚地傳達完很差勁的意思後，雲雀嘟囔地回話：

「契約書上有說『不要把東西漏出來』。」

「……怎麼突然說這個？」

「尿尿。」

「……這裡。」

久堂趕緊帶她去廁所。

上完廁所後，時間已經過了正午，他帶著雲雀走進公寓附近的日本定食餐廳。

他沒有詢問雲雀的喜好，而是隨意點了幾道菜，不過雲雀毫無怨言地將端上桌的鯖魚和炸豆腐吃得一乾二淨。

吃飯時，她的腋下一直夾著久堂給她的那本書，是個喜歡書的小鬼吧？不過這都不重要。久堂將錢放在桌上，默默站了起來。

「那我就先走了。」

接著，他就像理所當然一般，打算一個人離開料理店。

「妳回房間去。」

「老師，你要去哪裡？」

「大學。」

他這樣說，然後給她看了放有書跟文具的包包。

下午開始大學有課，就算是這樣的日子，他也沒有打算休息。

久堂毫不猶豫地出了店門，邁步走向車站，接著搭上剛好進站的電車，坐了五個站。

抵達大學正門前時，他突然往旁一看，只見雲雀就站在那裡。

「為什麼妳在這裡！」

大概是一直跟在他身後吧？

「妳是怎麼搭上電車的！」

「老師放下的錢有多的。」

看來是搭乘同一班電車。

「是看著我學習一起搭過來的嗎……」

久堂皺起眉頭煩惱起來，事到如今也不能趕她回去。

「既然這樣就沒辦法了……」

思考過後，他決定帶著雲雀堂堂正正地走進大學裡。

第一次來到這裡，雲雀瞪大眼睛東張西望，小小的手緊緊地抓著久堂的褲子，啪噠啪噠地跟在久堂身後走著。

女學生們看到久堂走在校園裡，高聲喧擾起來。

「啊！是久堂同學耶！今天看起來也好不高興，可是這樣超帥！」

「聽說久堂學長還是學生，就已經要以作家身份出道了哦！」

「呀！久堂學長！快來罵我！」

久堂完全不在意她們的聲音，用肩膀劃開風往前進。

「久堂同學……那個小孩是誰？把小女生帶來讀書的地方，你打算幹什麼？」

要上課前，教授在教室中發現了雲雀，場面一時騷動起來，久堂眉頭動也不動地回答：

「小孩？小女生？老師您在說什麼？我什麼都沒有看見，是有座敷童子在嗎？」

剛邁入老年的教授還想說什麼，但久堂卻始終強硬地堅持看不到、不知道。

上課期間，雲雀坐在久堂旁邊，一直看著帶來的書，等到注意力渙散後，才終於枕在久堂的腿上睡著了。

所有的課都結束後，久堂沒打算久待，離開了學校，總之他得要趕快回去繼續寫稿。

「那個小孩是誰？」

看到跟在久堂後面宛如小雞一樣走路的雲雀，學生們當然互相談論起來。

「是年紀差很多的妹妹？」

「親戚的孩子？」

「誘拐來的小朋友？」

「……私生子？」

「就是那個！」

入學當初，許多女生來邀約久堂或請他參加社團，但他就如同和尚的頭髮一般風吹不動，於是這個情況也漸漸少了。現在，大家都只是將他視為美麗的野鳥一樣，遠遠圍觀凝視。

久堂在正門前與枯島碰頭，三人一起搭了電車。在電車裡，雲雀天真的問了：

「諸多種種先生也和老師一起唸書嗎？」

枯島笑著回答：

「對啊！我是小他一屆的學弟哦！順帶一提我的名字叫做枯島。」

「我是雲雀！」

「請多指教，小雀。」

「枯島先生不是妖怪嗎？」

「很遺憾的我是人類呢，不過日本的某處說不定真的有那種妖怪哦！」

「有的話還得了！」久堂從旁插嘴，枯島便回他：「這可說不準呢！」他的口吻，讓人分不清到底是正經的，還是只是開玩笑。

回到神田時，天色已經完全暗了。三人穿過商店街往前走，擺放在熟食店店門的廣播器，預報了明天應該會變冷。

雲雀雙眼發光地望著那家店，久堂敏銳地察覺，挖苦道：

「怎麼？妳一個人餓了嗎？」

可能是自己的食慾被看穿，雲雀覺得害羞，左右搖著頭，說自己不餓。寒風吹得她紅潤的臉頰更加通紅。

看不下去的枯島開口道：

「學長，肚子餓哪有一個人、兩個人的，說起來我也覺得肚子餓了呢！學長我要一個這個！」

「為什麼我得要連你都請啊？」

「從前天晚上開始我就什麼都沒吃……」

「你現在立刻給我吃點什麼！會死喔！」

枯島這個男人如果放著不管，就會廢寢忘食地投入在閱讀中。真擔心他一個人能不能夠平安存活，久堂無視了自己的情況，這樣想道。

結果他買了三個炸肉餅，三個人沉默地一邊吃，一邊出神望著遠方。

吃完之後，久堂偶然一看，又看到雲雀正望著熟食店。

「還想要吃？妳是冬眠前的熊嗎？」

「不是啦！我是在看鳥！」

雲雀脹起紅通通的臉，指著掛在熟食店屋簷下的鳥籠，那裡面有一隻黑色的鳥。

「啊，這是店長從以前就飼養著的九官鳥呢。」

枯島將雲雀抱了起來，讓她的臉靠近過去。九官鳥忙碌地動著黑色羽毛與漂亮的黃色鳥喙，不停重複：「歡應光臨、歡應光臨！給窩可樂餅！」

「小雀很有趣呢，這是會記住人類語言的鳥哦！」

「你好，我是雲雀！」
「泥好，窩是雲缺。」
「是我說的話！」
雲雀激動地大大張開手腳。
「酒池肉林。」
「揪吃肉拎揪吃肉拎。」
「學長，請不要讓牠記住奇怪的字。」
「酒吃肉拎！」
「你看，連小雀都記住了！」
冷風吹拂，三人互相點頭，決定停止繼續做這些蠢事趕緊回家，於是他們便回到了公寓。

*

晚風宛如一年不見前來造訪的舊友，毫不客氣地搖動著緊緊關著的玻璃窗。
正中午的風是看不到的，不過晚上的風總覺得好像染上了色彩，那或許是月光的顏色，又或者是這一天裡所傷害的人心的顏色。

不過如果是傷患們的色彩，那麼治癒這抹色彩的方法又是什麼呢？

是朋友的話嗎？是戀人的手嗎？還是家人的眼神呢？

不，最後都是自己一個人的工作。

只要關了燈，躺進被褥再閉上雙眼，那裡沒有任何人在，只有自我。裡面沒有朋友、沒有戀人、沒有家人，唯有自己。

所以自己的內心，必須要靠自己來治癒。

而幫助痊癒的或許就是故事吧！久堂這麼想。

像自己這樣的人所創作出來的故事，進入了每個人內心的密室裡，陪伴他們入睡。就像是滲入洞窟最深處的泉水一般確實流入，拭去污穢、給予滋潤。

故事宛如穿過人心深處時所需要的錨、地圖，也是細微的燈光。

就算到了明天早上，每個人都忘記了這個故事，那也並無所謂，胸口深處應該仍留有故事的香氣。

他們使用充滿謊言的武器與現實對抗。

捏造出虛構的世界與人物，創作出奇幻的故事。在充滿偽裝與欺騙的現實裡，刻意重疊誕下謊言。做出如此罪孽深重之事，若故事依然無法抵達人心，那才真正叫做謊言。

「老師，你不睡嗎？」

那小小的聲音，使得久堂彷彿大夢初醒似地抬起頭來。

其實他沒有睡，只是面對書桌，在稿紙前面深深的冥想。

一回頭，雲雀就在軟綿綿又暖和的棉被中望著這裡。

裸露在外的燈泡發出橘黃色的光照耀著屋內，雲雀的臉、嘴巴和眼睛也都呈現了橘黃色。

「睡覺？我沒有空做那種無聊的事情。現在的狀況是不寫完這份稿子的話，我就連眨眼的時間都沒有……妳應該不懂吧！」

過了十點，雲雀似乎一度睡了過去，不過現在好像又醒了。

她在棉被裡也是顫抖地動著身子問：

「是我害的嗎？」

他想要寫小說並為此深感苦惱——雲雀也用她年幼的腦袋理解了這件事。

久堂沒有打算正經去理睬她，想再次重新面對稿子，她卻好像更不肯罷休，讓他忍不住硬了口氣。

「嗯，或許有可能是那樣。」

到現在稿子還幾乎沒有新進度。

晚上得帶雲雀去家附近的澡堂，還得要拜託房東準備小孩用的被褥——因為他的房間內沒有多餘的棉被，而他也絲毫不想邊受小鬼的睡相影響邊睡覺。

後來他又陪著雲雀去飲水區刷牙，她說想上廁所的時候，也得帶她過去。

好不容易花了時間解決，想著可以專心寫作時，時間已經很晚了。

「光是被妳這個那個的煩東煩西，害得稿子進度一點都沒有前進。」

久堂率直地說出自己的心聲，聞言，雲雀就像是濺起雪的樹枝一樣，奮力從棉被裡起身，眉毛皺成八字，簡直就像是在什麼都沒有的地方誇張跌倒的人一樣。

明明很小心注意避免跌倒，但還是跌倒了——這種時候的疼痛與後悔，就交雜在她臉上。

「幹嘛？又要尿尿嗎？該不會！妳已經尿出來……」

一個枕頭以久堂的臉為目標飛了過來。

「笨蛋！」

雲雀滿臉通紅，又鑽回棉被裡。

唉唉地嘆了口氣，久堂把飛過來的枕頭放到一旁。

注意力已經完全中斷了。

啊，好想喝咖啡！

以前明明就沒有做過這種事，這陣子卻常常這樣想。

「事件。」

突然這句話傳入耳邊，他以為是他聽錯了，不過好像並非如此。

「發現的話就寫得出來了？」
是雲雀，她還在棉被中，只露出了臉望向這裡。
「妳在說什麼？」
「老師是寫**事件故事**的人吧？」
看來她說的是推理小說家。
「所以只要發現事件的話就能寫故事了？」
「哼，沒錯呢！如果有什麼可以當作小說參考的故事，聽一聽說不定會寫得出來啊！不過這不是妳要想的事情，快睡覺！」
事件這種東西是多得到處都有嗎？久堂心中壞心地想。
不，如果是常見的事件，應該每天都會發生，不過那種事件根本無法當作參考或題材，所以世界上的推理作家每天都得傷透腦筋。
總覺得閒得發慌，久堂隨意地翻起桌上的辭典，調查起眼前所見的詞彙詞義。這是一個沒有意義的遊戲。
看了好一陣子的辭典，沒多久就聽到棉被裡傳來雲雀睡著的呼吸聲，大部分的小孩都會突然睡著呢。
回頭一看，棉被已經迅速地捲起一半，她的肩膀露了出來。

小小的痣在她的左臉上宛如孤獨的星球，而她的睫毛偶爾會顫動一下。

「既然難得，夢話裡就叫聲**媽媽**來聽看看啊！」

久堂為她重新蓋好棉被，又惡劣地說。

第二章　是你的錯

他向房東借了廚房，煮起雜炊粥。

昨晚他時隔二日吃了東西，身體便回憶起了食慾，到了今天早上，突然感到一陣飢餓。

可是粥做得稍微有點多了，還從陶鍋裡溢了出來。

這樣的話！他想，然後帶著陶鍋去久堂的房間，眼鏡恰好被鍋裡冒出來的蒸氣暈成霧氣。

「學長，你起床了嗎？然後你還活著嗎？我早餐煮得太多了，想說可以分給小雀──」

一開門，就看到久堂趴在桌上，而雲雀正拚命地搖著他的肩膀。

「老師──！」

「吵死了……我現在要睡了……睡覺……」

到底發生了什麼事？枯島才這樣想，就聽到雲雀肚子裡的饞蟲發出聲響。

然後他打從心底覺得自己來這裡是正確的。

「黏在桌子前面一直到早上嗎？不過，因為這樣就讓小雀覺得肚子餓，太可憐了！」

枯島勸告道，久堂則像小朋友一樣抱怨他吵死了，這才終於從桌上支起身。因為一直用同樣的姿勢坐著，他的四肢一陣僵硬。

往後若長年當小說家，那麼他大概哪一天會變成石頭吧？他伸個懶腰，一邊想著這種事。

雲雀小口小口地吃著枯島帶來的雜炊粥。

「好吃嗎？」枯島擔心地望著她的臉，看來是沒有自信自己煮得到底好不好。

「嗯……」

說到一半，雲雀猛地吞下了口中的食物。

「很好……吃。」

然後她又一點一點吃了起來——不時地看向枯島的臉，一邊像小鳥一樣吃一口，又吃一口。

「這、這樣嗎……」

枯島擦著眼鏡苦笑。

雲雀那個樣子讓久堂一陣火大，於是他用手一把罩住她小小的頭。

她就如同被抓住的貓似地，瞪大眼睛望著久堂。

「既然好吃就不要客氣大口大口吃！這樣宗達會擔心是不是不合妳的口味啊！」

「啊……」

被這樣一說，雲雀察覺到枯島的心情，不安地看了過去。

「聽好了！客氣和體貼雖然很像，但完全不一樣，別誤解了！」
發洩完自己想說的話後，久堂拿起自己的碗，像喝水一樣吃起雜炊粥。
「這雜炊怎麼回事！真的很難吃不是嗎別開玩笑了！」
「真過份啊學長。」
久堂一邊對著枯島抱怨，卻迅速地吃完了一碗。
看見這一幕，雲雀望著自己的碗好一陣子，裡面還留有些許微微冒著熱氣的雜炊粥。
不久，雲雀也像是模仿久堂一樣喝掉了粥，全部吃完後，才轉向枯島害羞地說：
「好難吃！」
「小、小雀！不用模仿學長到這種地方啦！」
「我搞錯了！很好吃！」
她慌張地更正。
「很好。」
「客人，再來一碗吧！」枯島微微一笑，開玩笑地建議雲雀再吃點粥。
「嗯哼。」雲雀如同惡官一樣回答，然後遞上碗。
「別太得意啊！」
趁著她伸手，久堂搔起她側腹癢，雲雀呀地發出小孩子的叫聲，笑了出來。

看見這樣的雲雀，久堂推理出了某件事。

這個孩子應該很討厭自己變成周圍其他人——說得更清楚一點就是大人們——的重擔、負荷吧！不，或許可以說是恐懼著。

有記憶以前她就失去了母親，在單親家庭長大，這個事實大概偶爾讓她很是難受吧？當然這並不是指義房放棄去好好地疼愛她、照顧她，正因為是單親，所以他義房應該更加傾注愛情、珍惜地養育著女兒。

即使如此，讓雲雀一直痛苦著的，卻是周圍的偏見和言行舉止。

——沒有母親真是可憐啊！

——就是因為這樣，單親家庭的孩子才……

久堂自己偶爾也目睹過去在「月舟」裡，出現過這些言語和場面。

周圍的人有時會說出彷彿沒有母親是一件壞事、應該愧疚般的話，然後可憐她，或批判她。

這並沒有直接對著雲雀而去，而是對著她的父親義房。

對雲雀來說這樣應該又更難受、更懊惱了吧？

言語化作毒箭，刺進了雲雀嬌小的背部和胸口，好幾支、好幾支。

所以雲雀學會了顧慮。

自己禁止自己像小孩一樣奔放地歡鬧、說出任性的話。

她規定自己要當**好孩子**。

回想起來，雲雀在「月舟」一直很安靜。

為了不給客人還有父親添麻煩，她學會像喉頭塞有棉花的小鳥一樣，靜靜地過生活。

晚上她從棉被裡爬起身那時候的表情，或許就是起因於這些事情吧！

當然也有可能並非如此，這些全都是他的推理……不，是想像。

久堂在腦海裡把自己的想法揉成團，丟進垃圾桶裡。

*

枯島的雜炊吃完後，久堂帶著稿子前往附近的咖啡館。他在「月舟」休息的日子裡偶爾會來到這家店，這裡就如同第二個避難所。

店內播放的是帶著憂鬱的法國香頌小曲，他坐在店內最裡面的位子，把稿紙放在桌上。

「老師，學校呢？」

當然雲雀也跟著來了。

「今天休息，所以要專心寫作到最後。」

他點了咖啡，給了雲雀果汁，這樣她應該就會安靜了吧？

接下來——他切換思考。

稿子截稿期限就在幾天後。

但是現狀卻是好不容易才寫到二十張稿紙。短篇作品大多不到一百張稿紙，所以寫作本身並不那麼辛苦，只是起承轉合中的轉和合他遲遲難以決定，很是苦惱。

想寫但寫不出來，若是一直沒有目標、不管不顧寫下去，最後也只是無法收尾而已。

腦海中浮現責任編輯葦切說著她很期待時的表情。

葦切所委託的是推理小說，不過久堂想要寫的，是讓有能力、有個性的偵探登場的故事——也就是所謂的偵探小說。

他想讓夏洛克・福爾摩斯或菲力普・馬羅這種人物擔任主角，挑戰異想天開的事件。

不過隨著故事進行到後半，主角的潤色也陷入窘境。

因為吸引讀者目光的關鍵設定並不足，主角的魅力還是不夠。

從公寓來到這裡一路走在外頭，天氣就像昨天預報一樣非常的冷，店內使用著石炭暖爐，圓滑地、溫柔地、舒適地暖了起來。

說起來他已經幾天沒睡了呢？

每天晚上都在煩惱稿子，加上昨天雲雀來到家裡，他已經好久沒有熟睡的記憶了。
雲雀坐在對面喝著果汁。
可是總覺得狀況有點奇怪，莫名的詭異，有哪裡不對勁。久堂好一陣子弄不明白，不久後察覺到了。
雲雀的身體好大，不對，是長大了。
如果雲雀上了高中，大概剛好就是這樣的感覺吧？她的手腳如同菖蒲的莖，健康地拉長了。
「妳什麼時候變成這樣的？」
他一問，雲雀很是開心地探過身來。
「你說什麼時候，那當然是老師在與稿子對峙的時候啦！稍微長大了對吧？」
「胸部看起來沒什麼成長啊。」
「好過份！」
只要視線稍微離開一下，小孩子就會立刻長大啊！久堂想道。
「老師，小說一直寫不出來很頭痛吧？」
「我沒有特別頭痛。」
「你又這樣逞強，沒關係的！我都懂嘛，交給我吧！」
「喂！妳幹什……」

雲雀拉開椅子站起來。

「身為女學生偵探的我去幫你找出異想天開的事件！」

「妳是……偵探？」

窗外籠罩進來的冬季日光，漸漸地朦朧了雲雀的輪廓。

「所以老師，我回來之後，要寫完故事的後續哦！絕對呢！」

回過神來，久堂已經趴在稿紙上。

看來是什麼時候睡著了。

他用手揉著眉間，將喝一半的咖啡湊到嘴邊。咖啡已經完全冷掉了。望向時鐘，從進來店裡到現在已經過了一小時以上。

「失策，竟然打瞌睡了……」

而且感覺好像還做了什麼奇怪的夢。

他嘆口氣，抬起頭。

「雲雀？」

眼前的位子上沒有雲雀的身影。

桌上只有一杯果汁喝得精光的玻璃杯。
「不好意思，請問你有看到坐在這裡的小朋友嗎？」
他問了吧臺的老闆。
「一個頭髮長到背上，穿著白色褲襪的小朋友。」
不過對方卻搖了搖頭。雲雀是去洗手了嗎？
就在他思考著，坐在隔壁兩個位子的女性告訴了他。
「那個小朋友剛剛出了店門哦！」
「出了店門？」
他一瞬間無法理解，重新複誦一次。
「進來店裡的時候她和我擦身而過出去了，所以我記得哦！咦？那是你的女兒吧！」
久堂心不在焉地對著那位女性道謝，然後好一陣子凝視著對面的位子，接著才彷彿想起來一般望向窗外。
不知何時開始下起了雪，他站起身來環視外頭的街道，但卻沒有雲雀的身影。
她從久堂的眼前消失了。
他的睡意頓時消失無蹤。

他迅速地結了咖啡的帳，拿起稿子走到街上。瞬間，大顆的雪與嚴酷的風吹打起臉頰。

路上的行人都像被風壓迫一樣走得飛快。

他張望著咖啡店的左右兩邊，但都沒有像是雲雀的蹤跡。

路上很快地開始染白，淺淺地蓋上路人的足跡，要在其中找出雲雀的足跡幾乎是不可能的。

不過，雲雀走出店門的時候極有可能還沒下雨，這樣一來，她的足跡也不可能殘留下來。

話說回來——久堂想。

為什麼雲雀要離開咖啡店呢？

是因為他為了稿子不理她，又在她眼前開始打瞌睡，她終於厭煩了嗎？

這番推理準呢？

會不會是進入咖啡館後，店內飄散的咖啡香、老式咖啡館特有帶著微微倦意的溫暖氣氛，讓雲雀思念起自家的「月舟」呢？

「真是胡扯！」

久堂又嚴格地否定了自己的想法。

總之他決定先回公寓一趟。回去路上他稍微繞了一下路，也走過了「月舟」店門口，但入口和後門都上了鎖，裡面也沒有人的氣息。

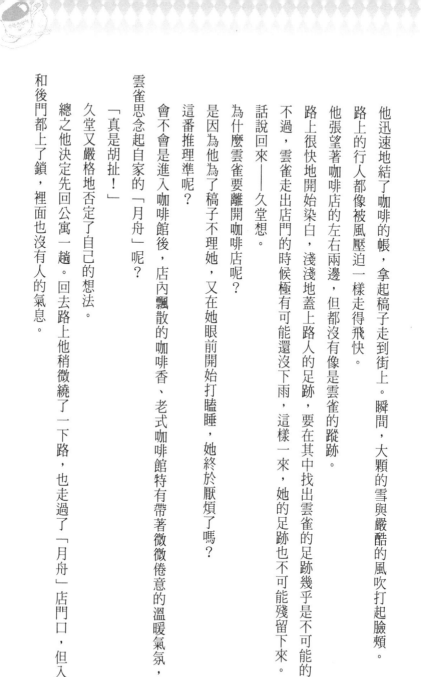

【暫停營業三日　店長】

只有門上掛著暫停營業的牌子，被冷風吹得搖動起來。

他加緊腳步回到公寓，看了看房間，雲雀依然不在這裡。房間的窗子拉上了窗簾，宛如很深的洞窟最裡面，安靜又乏味。

「學長真快啊！稿子已經寫完了嗎？」

枯島聽到匆忙的腳步聲，似乎知道是久堂回來了，半開了房間的門，搭話道。

久堂將稿子扔到桌上，出了走廊。枯島好像也察覺到久堂的樣子不對，出了房間。

「那傢伙不見了。」

「不見了？是厭倦學長了嗎？」

「別鬧了！她現在說不定迷路了！」

「但是為什麼？」

被這樣一問，久堂一陣無語。

原因不明，可是雲雀就是消失了，是由於她自己的意志。

「我也來找！」

枯島這麼說，打算一起幫忙，久堂制止了他。

「你就待在這裡，如果她回來了立刻通知我。」

現狀來看，雲雀能回的地方只有這棟公寓，這樣的話就必須有人迎接她。

「我再去附近找找看。」

久堂再次套上大衣，走到外面。

雪下得比剛才更大了。

他走過神田町，路過巷口就朝著裡面叫喊雲雀的名字，但都沒有回應。雪大幅吸收了久堂的聲音，甚至連回音都沒有留下。

雪時刻不停，降落在町上堆積起來，好似降落傾入深海裡的微生物屍骸，又如同倒轉過來的沙漏中的沙。

就是因為這樣他才不不不喜歡小孩。

奔放、吵鬧、愛哭，稍微離開視線就會突然不見。

差點在雪上打滑，久堂咬住唇。

這時候，他看見前方有一道小孩的身影。

那個小孩朝著穿過雜誌社旁的道路前進。與雪混淆般的白色褲襪，還有在背上晃動的黑髮。

「雲雀！」

久堂迅速跑了起來，朝著那個小女孩大叫。他將手搭到她肩上，只見她吃驚地回過頭來。

「唔……」

是個沒看過的陌生女孩。

臉色猙獰、一邊喘著氣一邊將手放到她肩上的青年，讓少女的表情明顯黯淡下來，不久後便哇哇大哭。

「喂！別哭啊！我只是認錯人了！」

「嗚——哇！誘拐犯——！」

「不要說得那麼難聽……」

因為她怎麼樣都不停止哭泣，無奈之下久堂只能做個巴掌大的雪人，送給了她。就在這時，警察聽到小孩哭泣聲，從大馬路那裡走了過來，於是他說了句再見後便離開了那裡。

接下來，他又花了一小時跑遍巷子，依然沒有找到雲雀。

最後他來到了商店街。

小朋友的腳沒辦法走那麼遠，這附近應該會有目擊者。

「你有看到大概這麼高的小女生一個人走在路上嗎？」

他依序走近附近的店詢問，心情簡直就像是成為了冷硬派小說主角一樣。

頑強、不知恐懼、不表露出任何感情的刑警，又或是偵探——

這種差事他可不想要，但不知道哪裡的某人擅自決定了角色分配。

不管是神明還是誰，至少聽一下他的意見不是很好嗎？

走了好幾家店，還是沒有獲得有力的情報。

「因為突然下雪，忙著把商品收起來，沒有看到啊……」

「對呢，因為這個年紀的小朋友這附近很多……」

說到最後，大家紛紛表示沒有印象。

這裡倒不如是沙漠正中央更好，不但不會下雪，也沒多少小孩。

可是這裡是東京。雖然不至於到社會常說的那般人心冷漠，可是無奈大家都很忙，沒有太多人會將視線放在小孩子的行蹤上。

他多久沒有這樣奔跑過了？步調明顯地越來越遲緩，雖然是自己的腳，感覺卻像是陌生的他人的雙腿。

最近睡眠不足的後果，身體發出了悲鳴。

睡眠不足——

索性要一個不睡覺也沒關係的身體好了！

對了！這次的短篇，寫個忘記睡覺這件事的古怪偵探主角怎麼樣呢？

乾脆名字也取為無睡，設定成瘋狂偵探，早晚都在活動，利用驚異的意志力追捕犯人。

在疲勞之下，他浮現出了如此突如其來的靈感，這個說不定很有趣！

啊！真想放下一切回家！

擦擦汗、溫暖一下冰涼的腳，然後統整剛剛想到的構想，撰寫小說後續。他覺得這是個非常簡單，又並不壞的念頭。

但是那樣是不行的。

這樣一來，他沒臉去見義房。義房信賴他，將愛女寄放在他這裡，單一句不見了如何交差。

可是，他抓不到通往雲雀的線索。雲雀現在是不是被雪困住在哪裡進退不得呢？該不會滑了一跤跌倒受傷了？

又或是——

久堂想起了一件事。

雲雀昨晚是說了什麼？

——只要發現事件的話就能寫故事了？

她是不是這樣說了？

「該不會那傢伙……模仿偵探到處去找事件了吧？」

她應該沒有想要追著經過咖啡館前的可疑人物而去，最後捲入了某個事件之中吧？

雲雀昨晚說的話只被他當成小孩子的戲語，但如今卻帶上了現實感，重重地壓了上來。

完全不想去思考的可能性，使久堂開始感到焦慮，突然，他的耳邊傳來奇妙的聲音。

——乖盜大鴉參商。

是從眼前的店傳來的！他宛如撥開飄落下來的雪般，接近過去，那裡正是昨天買了炸肉餅來吃的熟食店。

說話的則是在那家店店頭的九官鳥。

久堂忍不住用雙手抓住鳥籠，臉靠了上去。這個衝擊使九官鳥大為驚慌，振起翅膀來，黑色的羽毛輕飄飄地飛舞著。

「喂！你剛剛說了什麼！再說一次！」

久堂完全不關心九官鳥，搖起籠子。這個狀態在旁人眼中看來，宛如是在挑釁一隻鳥一般。

「等一下，你……」

店長委婉地前來想要勸阻久堂，看來他是被當成危險人物了。

「你再叫一次！」

久堂不肯罷休，九官鳥終究屈服了。

牠就像是被小混混糾纏的懦弱上班族，這樣重複著：

——乖盜大鴉參商、乖盜大鴉參商。

接著又續道：

——不說了！

久堂終於將手放離鳥籠，那黑色羽毛交雜著雪被風吹動著，他露出了有把握的神情，望著牠的模樣。

然後喃喃道：

「怪盜大鴉……參上。」

九官鳥所說的話久堂知道，而且還非常熟悉。

那是他在十幾歲時所寫的冒險小說裡一位登場人物。

身穿著黑色斗篷，奔跑在帝都空中的大盜。

那就是怪盜大鴉。

大鴉在竊取寶物前一定會送上預告信，上面寫上「怪盜大鴉參上」。

為什麼熟食店養的九官鳥會知道這段文字呢？

那部冒險小說是在他年輕氣盛時寫的，迄今為止都沒有給任何人看過，久久都收在家中書櫃的深處。既然如此，為什麼？

答案只有一個。

是雲雀發現，然後偷偷看了。

久堂背對著雲雀，一個勁地面對稿紙時，雲雀一定是從書櫃深處發現了久堂以前的作品，然後她讀了──讀了那篇草率又束在一起的老舊稿子。

那部作品是適合小孩看的冒險格鬥劇情，並不是太困難的內容，故事本身也很短。雖然不知道她讀完了沒有，但或許引起了她某種程度的興趣。

然後，記住作品中這一句的雲雀，就在這裡對著這隻九官鳥低聲念了好幾次。

──乖盜大鴉參商、乖盜大鴉參商。

「勘助，你不是烏鴉而是九官鳥吧！竟然讓牠記住了奇怪的字……」

九官鳥的名字似乎叫做勘助，只見店長露出厭惡的表情斥責牠。

「店長！我有件事想請問你！」

「什、什麼啊原來你還在這裡！」

「讓這隻九官鳥記住奇怪的字的人，是不是一位六、七歲的小女孩呢？我想那大概是一小時前的事情。」

五十多歲左右的店長頭上已經夾雜了白髮，他似乎有些畏懼久堂，一邊拉開距離一邊回答：

「這、這個嘛……因為小孩太矮了，從店裡幾乎看不太到……」

好不容易掌握住的線索，店長的記憶卻很含糊，無法依靠。久堂又想要更進一步詰問，在店裡面的中年女性則聽到了久堂與店長的對話，用精力十足的口吻突然插嘴：

「那個小孩我有看到哦！穿著白色褲襪的可愛小女生對吧？」

她似乎是店長的妻子，口中的那個小孩特徵與雲雀一致。

「她一直和勘助說話玩耍呢！咦？她是你女兒嗎？」

「嗯，算是那樣吧！妳知道她之後去了哪裡嗎？」

因為解釋誤會太麻煩，久堂沒有否定，催著她往下說。

熟食店的老闆娘一邊迅速地端上菜，一邊告訴他：

「我問她在這麼大雪裡一個人散步嗎？她說她要去寺裡許願呢！說是參拜。」

「去寺裡許願？不是神社？」

「她的確是這麼說哦！是把神社講錯了吧！那時我也這樣說了，結果那個小女生就沿著這條路，直直走到另一頭去了！」

*

神社境內的景色因為降雪被染成一片青白。

穿過門向著本堂前進，靠近之後從屋簷下抬頭一看，積雪的另一頭隱約可以看到尾垂木與肘木*註11美麗地組合在一起。

這附近要說寺，就是穿過商店街後的這座住藏寺了。

一旁井屋的屋頂已經堆積了雪，附近的樹枝則尚未開始積雪，不過沒多久後這些樹枝應該都會像棉花一樣，被又白又嶄新的雪美化吧！

雲雀往自己的手中吐氣溫暖手心，白色的氣息被風吹動消失在空中。

她反省著自己抵達這裡花了太多時間。

明明是在尋找重要的東西，一回過神來卻因為好奇心驅使繞了道。特別是在熟食店九官鳥前待得太久了，她深切地羞愧自己真是幼稚。

*註11　尾垂木為神社寺廟建築中，從屋頂內斗拱往斜下方插入的木柱；肘木則為支撐柱上橫樑與房簷的橫木。

從本堂往左轉，前往境內深處。

終於抵達了目的地。

小小的足跡點點殘留，她站到了目的地場所前。

一邊傾聽雪落下的聲音，輕輕閉上眼，拍了兩下手。

「今天我是來許願的。」

她這麼說，剩下的就在心中許下了願望。

雲雀的身邊有一棵山茶樹，雪花啪噠地打上花瓣，紅花便剎時顫動起來。

「有人會在這種地方拍手嗎？」

她受聲音所驚回頭一看，久堂就站在那裡。

「我告訴過妳不要一個人跑到外面吧！」

純白色的景色中，久堂那全黑的大衣彷彿是唯一現實的存在，鮮明地浮現出來。

「妳是想來這裡啊？」

他並排站到雲雀身邊，望向雲雀許願的東西。

兩人眼前是一個稱不上大的墓石。

上面刻著「月乃」。

這是雲雀母親——花本月乃的墓。

久堂沉默地對著月乃的墓合起雙手，接著才重新轉向雲雀。

「我想說妳突然不見了，是跑來墓地許願呢？」

在過世的母親墓前，雲雀對著久堂道歉。

「我打算向母親許願完之後就立刻回去的。」

「趁著我睡覺的時候嗎？」

「嗯，我想說要叫你起來，但是老師好像很累的樣子。」

看來她也用小孩的方式體貼著他。

「我確實教了妳客氣和體貼的差異，但體貼也要看時間場合啊，笨蛋！」

久堂從口袋取出手帕，捏著她的鼻子。她又說了一次「堆不齊！」然後哼地擤了鼻子。

「老師，為什麼你會知道這裡？」

「透過我巧妙的推理，這根本是一件小事。對了！擅自看了我以前稿子的小鬼，之後得要好好懲罰妳。」

他露出了珍藏的恐怖表情，但雲雀反而亮了雙眼。

「那個故事！非~常有趣耶！」

意料之外的反應，讓久堂大吃一驚。

「不、不要說那種話！」

他回以怒喝，瞬間雲雀的雙眼明顯地游移起來。

「我……沒沒沒、沒看哦！」

她似乎終於發現自己做了不能做的事情，像是害怕打雷的人一樣，用雙手抱著頭蹲了下去。

不過她又立刻重振精神，抬頭直直望著久堂，問道：

「你擔心我嗎？」

那太過直率的視線，又讓久堂再度一驚。

「……沒有，我才不會費心在妳這傢伙身上。」

「騙人！老師你的呼吸聲好喘，你到處跑過了對不對？」

「就算這樣也是妳害的！」

他只是看在義房的面子上才四處尋找的，義房委託他照顧雲雀，他有這個責任。

「我確實有點奇怪想說妳消失去哪了，還懷疑妳一定是想要找什麼事件，所以亂來一通。」

「我原本是想要這樣的！在到這裡許願之前，我想說要找到可以幫助老師寫故事的事件，所以才到處走。結果，我在途中找到的！這個！」

雲雀說道，然後將一個水藍色的彈珠遞了過來。那是一顆毫無特色、理所當然的彈珠。

「我在野草下找到的！這個，一定是寶——石！」

「寶石？」

「怪盜一定會偷走這個！」

雲雀得意地往後一靠。

就算四處走遍了也不過是小孩的步伐，頂多就是附近繞了一下而已吧！能找到的也就在這個範圍裡了。但對雲雀來說，一定是把這顆彈珠當成通往解謎和冒險的鑰匙。

無論如何，什麼事都沒有就是最好的答案，反倒要是出現什麼危險事件的話，會變成怎樣誰也不知道。

「我知道、我知道！那我就滿懷感激的收下了！不過妳……為什麼會來墓地？」

「那個，我雖然不太清楚媽媽的事，不過有點記得媽媽是很溫柔的媽媽哦！比起神社的神明，我跟媽媽更熟悉，要許重要願望的時候，一直都是找媽媽的。」

實在不得要領！不過他總覺得理解了雲雀想要表達的意思。

她母親過世是在她還是嬰兒時候的事情，她應該連她母親的臉孔都不記得了才是。

即使如此，她還是熟悉。

就算記憶中沒有，卻還是很熟悉母親。

一定是因為父親帶著愛意告訴了她好幾次吧！

「月乃小姐是傾聽妳願望的神明嗎？她真是偉大呢，不過也很辛苦。在天空上也必須要聽女兒的願望。」

久堂的話似乎影響了雲雀，她抬頭望向被雲朵籠罩著的天空。天空很溫柔、閃爍著純白，而雲的另一頭則確實能感受到太陽的氣息。雪花落在彷彿今天剛出生般細滑的臉頰上，逐漸融化。

這段期間，久堂對著墓碑靜靜地微笑，在心中描繪著他所認識的月乃生前面貌。那一天，將雲雀如寶物般抱著、像是虛幻世界沒有盡頭的白色沙灘那般美麗、溫柔、堅強的月乃的手。

那抹彷彿就如同**翌日**一般從未改變的身影，現在依然能細緻描繪出來。

「話說回來妳是來這裡許什麼願啊？是那麼重要的願望嗎？」

他一問，雲雀便皺著眉盯著久堂，似乎是想說竟然想打聽少女的願望，真是不解風情！

「那是什麼表情啊？」

久堂用手指嘲弄地按住雲雀小小的眉間轉來轉去。

「好了，快告訴我！又不是會減少的東西。」

這個公式一出口，都不知道誰才是小孩了。

不久後雲雀堅持不住，朝著久堂招了招手說：「那個，要保密哦！」

什麼什麼？久堂屈膝湊上耳朵，雲雀用她那如同十月楓葉般的小手遮住嘴巴，說起悄悄話。

「我許願希望老師的故事可以順利完成。」

久堂沉默地站起身來，用很難為情的表情抓了抓頭。

真是的，小孩子這種生物——

「因為老師寫不出故事，累到睡著了，我得要做點什麼！然後就想說要跟媽媽許願……」

「多管閒事。」

他用手指啪地一聲彈了她的額頭。

「小朋友不用操多餘的心！走，回家了！我很冷。」

久堂旋過身子，雲雀趕緊跟在後頭。

「不要把我當成小孩！」

「喔？妳決定要當大人了嗎？」

「我是大人哦！很苦的柳葉魚我也吃得下去。」

「哦哦這樣啊？那還真是出色的大人啊。」

「對吧？」

他是把她當笨蛋，不過她沒發現。

「唉，真是了不起呢！對了！這次我就把妳當成大人，叫妳**雲雀同志**好了！」

墓地、神社境內裡沒有任何人的身影，彷彿是要對世界上所有人保密一樣，雪吸收著兩個人的對話，深埋在裡面。

「哦，等等！」

來到本堂前時，久堂突然停住腳步，手伸向生長在井邊的乾燥芒草。

「來這裡一下。」

他折下一段較長的芒草，手裡拿著它，招呼雲雀走上本堂階梯。接著他又將折下來的芒草對半斷開。

一避開落下的雪，雲雀就像貓一樣搖了搖頭，甩下纏在頭髮上的雪花。

「到底怎麼了？」

「雲雀同志，妳的髮型太無趣了。」

「咦？」

被他突然毫不留情地一說，雲雀受到很大的衝擊。

「而且還很土氣！剛剛就因為妳這個平凡的髮型害我認錯了人，有了很不好的回憶！所以要這樣。」

久堂站到雲雀身後，仔細地將她的頭髮編成麻花辮，再用芒草的莖紮起來。

「這樣就很好認了！」

他一站離雲雀，雲雀的肩上便垂了兩條小小的辮子。

「哇！是辮子！」

她一邊摸著自己的頭髮，一邊高興地跳起來。

「老師好厲害！爸爸都辦不到的說！」

對雲雀來說，這該不會是人生第一次的麻花辮吧？

「和媽媽一樣！和照片上看到的一樣！」

「喔？這樣嗎？」

久堂佯裝不知。

「我只是覺得麻花辮抓起來比較像韁繩，又輕鬆又好用而已。」

「我又不是小狗！」

「像這樣反駁的這一點比狗的個性還要差喔！總之，今後就算發生什麼事，也不准擅自跑到其他地方去。」

對久堂的忠告，雲雀好一會兒露出了無法理解的表情，不久後才回答：「好。」

「不過如果有對老師小說有幫助的事件，我可以去吧？」

「不行！」

看來她似乎還不懂。

唉唉，這樣今後感覺也會很辛苦。

久堂嘆出與雲雀相遇後不知道第幾次的氣。

「聽好了，妳——」

雲雀玩得起勁，將手伸出屋簷，抓住落下來的雪花。
「妳就待在我身邊。」
——因為妳很快就迷路了。
不知從何傳來了過冬小鳥的鳴叫聲。
「老師，回去之後你還要寫故事嗎？」
「嗯，我剛剛才想到了一個好點子，就是一個不睡覺的主角偵探——」
仍是推理作家與門外漢偵探種子的兩人，決定在屋簷下等一會兒直到雪停。
望著空中，他們盡可能地用小小的音量，與隔壁的人共享著雀躍的話題。
這就是——躲雪的禮節。

後記

在某個滿開櫻花盛開之日，我曾目睹過一場很大的濕雪。

印象中，那好像是高中一年級時的春天。時逢櫻花盛開，不必說當然是春天了，可是同時卻也下起了雪，說不定反而是櫻花開的時節不對，其實這個記憶是冬天的事情也不一定。不過不管如何，就是這樣的一天。

當時的科目我也忘記了，只記得是在非常無趣的課堂之中。

從窗邊眺望著校園，校區非常廣大，沒有半個遊樂設施——因為是高中，這也是理所當然的——也沒有班級在上體育課，所以很是冷清。

挾著校園的對面恰好有一條樸素的櫻花道，而我的位子位於窗旁後面算起第二個，從我這裡看過去是最理想的景色。

那一頭開始下起了雪。

這裡不是什麼豪雪地帶，卻也會發生這種事嗎！十五歲的我興奮地想。一直忍耐的睡意頓時飛到九霄雲外，而同班同學們似乎也一樣，突如其來的降雪讓教室一陣騷動，課程也一時之間中斷了。

或許是光的照射，啪噠啪噠落下的濕雪中所盛開的櫻花，看起來白得驚人，呈現出的景色讓人分不清是雪，還是櫻花。

天空被雲覆蓋一片雪白，太陽躲了起來，即使如此，周遭卻微妙得亮，整體看起來像是莫名虛假的風景。

以上是我關於雪的記憶之一。

不是回憶，終究只是記憶。

這沒有到足以說是回憶那般為其他人帶來過什麼，而彼時發生的事我也從未與誰提起跟任何人分享過，所以「個人的記憶」這種說法，我想是最合適的。

這個記憶裡沒有結尾、高潮，就只是在無聊的時間裡突然起了變化，而我站在一個很棒的地點欣賞著——如此狀況，使得我腦海中迄今仍留有鮮明的印象。

其實那時我的內心充滿了妄想，想著：「這是來自異世界的訊息！這一定是來自劍與魔法世界的反派軍隊要進攻過來的預兆！」但我一句不提，接著繼續上課、回家，晚餐又吃了可樂餅。

順帶一提，那時候的雪根本還沒開始積就停了。

雲雀心中是否有對雪的記憶又或是回憶呢？短篇作品〈躲雪的禮節〉就是我突然想到這件事

而開始撰寫，後來則讓筆帶領著寫到了最後。

這篇故事裡的久堂同樣也照顧著小小的雲雀。

此外，本書中另外收錄了〈推理作家在夜晚奔跑〉及〈花妖愛娜溫的獨白〉。這兩篇短篇在出版前都有先行於網路上公開，因此或許有讀者已經讀過了，不過希望大家不要只是閱讀文字，而是當作翻頁運動再次重讀一次，那我會感到萬分榮幸。

物理性地用手指感受迄今為止自己所閱讀的頁數厚度，並一邊想像著剩餘頁數的厚度。

啊！再讀四頁就剛好是一百頁了！讀到這裡就睡覺吧！

到達三百三十三頁——與東京鐵塔同樣高度。

想著這些與書籍內容並無關係、非常無聊的事，這也是我所想的讀書。

本書出版時，「女學生偵探系列」迎來了第三集。

背景分成春天、秋天、冬天三個季節，在不同季節中奔跑的雲雀，可以與前作《舊書大宅殺人事件》的夏季一起享受。

當然也要同時體驗一下來自久堂四季當旬的毒舌欺負雲雀的場景。

此外，在這裡除了一些我過去的一些小事之外，也有很重要的報告。

這次「女學生偵探系列」竟然決定要改編成漫畫版了！

撰寫這篇後記的此時，我尚不清楚詳細的情形，不過待至本書發售時，細節應該都已經決定好了。

雖然劇情相同，但小說有小說的、漫畫有漫畫的表現方法與呈現方式，二者可以說是不同的創作，能夠體驗到迥異的滋味。因此，希望各位都能拿起小說及漫畫作品，仔細享受不一樣的箇中樂趣。

最後，也要感謝為本書繪製了纖細、美麗插圖的笹原智映小姐，在此獻上誠摯的謝意！

てにをは

※文中所述為日文版出版時情況

!!
雲雀的跟蹤變裝搭配
太可愛了
所以一起畫在這裡！

恭喜女學生偵探系列小說第3彈出版！

我邊期待會發生什麼樣的事件，
邊畫下了插圖！
謝謝てにをは老師讓我遇見好作品，
謝謝なのり老師設計了充滿魅力的人物，
也謝謝各位讀者！

笹原智映

てにをは老師畫的參考用小雲雀
插圖超級可愛哦！！

國家圖書館出版品預行編目資料

花妖愛娜溫的獨白 / てにをは作 ; 陳映璇譯.
-- 初版. -- 臺北市 : 臺灣角川, 2016.08
面 ; 公分. -- (女學生偵探系列 ; 3)

譯自 : アルラウネの独白
ISBN 978-986-473-232-6(平裝)

861.57 104014531

輕文學
Light Literature

花妖愛娜溫的獨白 —女學生偵探系列 3 —

原著名＊アルラウネの独白 —女学生探偵シリーズ—

作　　者＊てにをは
插　　畫＊笹原智映
譯　　者＊陳映璇

2016 年 8 月 25 日　初版第 1 刷發行

發 行 人＊成田聖
總 編 輯＊呂慧君
主　　編＊李維莉
資深設計指導＊黃珮君
美術設計＊邱靖婷
印　　務＊李明修（主任）、張加恩、黎宇凡、潘尚琪

發 行 所＊台灣角川股份有限公司
地　　址＊105 台北市光復北路 11 巷 44 號 5 樓
電　　話＊（02）2747-2433
傳　　真＊（02）2747-2558
網　　址＊http://www.kadokawa.com.tw
劃撥帳戶＊台灣角川股份有限公司
劃撥帳號＊ 19487412
製　　版＊尚騰印刷事業有限公司
I S B N＊978-986-473-232-6

香港代理
香港角川有限公司
地　　址＊香港新界葵涌興芳路 223 號新都會廣場第 2 座 17 樓 1701-02A 室
電　　話＊（852）3653-2888

法律顧問＊寰瀛法律事務所